KB116686

아니 에르노

Annie Ernaux

아니 에르노

이브토로 돌아가다

아니 에르노 지음
정혜용 옮김

사람의집

일러두기

각주는 옮긴이 주이며, 원주인 경우 별도로 〈원주〉라고 표시하였습니다.

이 책에 실린 모든 인용문은 번역가의 독자적 번역입니다.

이 책은 실로 꿰매어 제본하는 정통적인 사철 방식으로 만들어졌습니다.
사철 방식으로 제본된 책은 오랫동안 보관해도 손상되지 않습니다.

머리말

10년 전, 이브토 시청으로부터 시립 미디어 도서관에서 강연을 해달라는 청을 받았다. 이브토에 간다, 그것은 다섯 살부터 열 살까지 쭉, 그리고 루앙에서 공부하던 시기에는 들쑥날쑥, 그러고도 스물네 살까지 살았던 곳으로 돌아간다는 의미였다. 당시 인구 7천의 그 도시와 그곳의 거리와 그곳의 상점을 벗어나서는, 부모님이 변두리에서 운영하던 식료품 겸 카페가 하위 자리를 차지하는 그곳의 사회적 지형을 벗어나서는, 유년기와 청소년기를 생각조차 할 수 없으리라. 나는 그런 내용을 강연 주제로 삼기로 결심했다. 어떻게, 그리고 도시의 이런저런 공간뿐만 아니라 도시의 구조를 결정하는 위계와도 결부된 어떠한 경험을 통해서, 그 도시가 나의 글쓰기가 닻을 내린 그런 불후의 영토가 되었는지 기술하기로.

처음 텍스트에서 글자 하나 바꾸지 않았지만, 2012년 강연 내용을 생생하고 구체적으로 만들어 줄 기록물 몇 점을 덧붙이길 소망했다. 예를 들면, 중학교 1학년 생활 통지표에서 발췌한 성적표와 작문 과제인데, 과제에서 묘사하는 상상의 부엌 — 그 모델은 잡지 『레코 드 라 모드』[1]에서 오려 낸 것이다 — 은 내가 읽은 내용 중에서 고상한 취향에 부합한다 싶은 요소들, 그러니까 안락의자에서부터 재즈 음악을 거쳐 그림에 이르기까지 잡다한 요소들을 꿔다가 뒤죽박죽 섞고 쌓아 올려 만들었다. 밀랍 먹인 식탁보만 튀는데, 유일하게 진짜로 부엌에 있던 거다. 오늘날 그 초현실적 패치워크를 보며, 〈집에서 내가 제일 좋아하는 공간〉을 묘사하는 일이 불가능했던 나의 상황을 읽어 낸다. 아마도 내 집이 내 눈에는 주제에서 벗어난 식료품점이어서 그랬으리라. 우리 집의 실제 부엌으로 말하자면, 계단 아래 자리한 식료품점과 카페 사이 좁은 통로에, 수도도 개수대도 없이 찬장에 놓아둔 소박한 양푼이 다여서, 그런 부엌은 학교와 어울리는 품위를 내세울 수 없었다.

같은 반 친구인 그 애 — 그 아이네 집 안의 장서와 그로 인해 휩싸였던 얼떨떨함에 대해 이 글에서 언급했다 — 와 주고받은 편지 몇 통을 보여 줌으로써, 청소년기

1 1879년에 창간해 1983년까지 간행된 주간 여성지.

를 생생한 동시에 섬세하게 조명해 볼 수 있었던 듯하다. 나는 마리클로드에게 편지를 쓸 때 경쾌하고 명랑한 어조를 택하고 있는데, 아마도 그 아이의 마음에 들고 그 아이를 닮고 싶어서이리라. 마리클로드는 르 트레[2]의 신축 가옥에 살고, 그 애 아버지는 그 도시의 주민 전부가 고용된 센강 근처 조선소에서 엔지니어로 일한다. 그 애는 내게 프랑수아즈 사강의 신작을 선물하고 신간들을 빌려준다. 그리고 한 해 전의 나를 〈살짝 숙맥에 인습적〉이라고 소개하는데, 그것은 내가 그녀와 닮는 방향으로 발전했다는 암시이며, 권태와 흘러가는 시간이라는 라이트모티프를 보여 주는 초기 편지들은 내가 『한 여자*Une femme*』에 쓰게 될 내용이기도 한데, 사진 아래 적힌 글귀 〈**나는 마치 나의 부모가 부르주아인 것처럼 청소년기의 반항을 낭만적 방식으로 겪었다**〉에 대한 설명이다. 대학생이 되어서는 놀러 가자는 그 애의 제안을 사양하면서, 스페인에 가기 위해 — 장학금으로 받은 — 돈을 아껴야 한다고 굳이 영어로 고백한다.

끝으로, 마지막 편지 — 〈메시지를 전달하려는, 그러니까 **예술**을 통해 다른 시야를 열어 보이려는〉 열망이 표출된 — 에 화응하는 1963년에 쓴 일기의 발췌문이 나오는데, 쇠이유 출판사에 글을 써서 보냈다가 거절당

2 노르망디 지역의 센마리팀주에 있는 소도시로 센강의 우안에 위치한다.

한 시기다. 내가 보기에, 여기 실린 일기에는 그 뒤로 존재하기를 그친 적이 없는 것, 그러니까 사랑과 글쓰기 사이의 딜레마, 내 부류의 한풀이를 하고 싶은 열망, 그리고 오랫동안 억눌러 왔던 부모님이 계신 본가에 대한 애착이 드러나 있다. 이브토, **내가 늘 돌아가는 곳인 그 집에 대한.**

아니 에르노

초판에 부친 이브토시의 서문

아니 에르노는 2012년 10월 13일 이브토에서 강연을 했고, 우리 모두는 그 강연 내용을 활자화한 이번 작품의 출간을 맞이해 대단한 기쁨을 느낀다. 우리에게는 공식적으로 아니 에르노가 어린 시절을 보낸 장소에 처음으로 돌아온 것이어서, 그렇게 중요한 문화적 사건을 이렇게 고장의 기억 속에 영구적으로 새겨 넣게 되어 흐뭇하다. 그 가을 오후에 그렇게나 압도적인 숫자의 청중이 찾아와 준 것에 또한 자부심을 느낀다. 대중은 그 만남의 특별하며 〈역사적인〉 성격을 또렷이 감지했다. 왜냐하면 우리가 듣고 이해할 기회를 누린 것은 어린 시절의 회상을 넘어, 그러한 기억들을 보편적 파급력을 지닌 작품의 재료로 변형하는 놀라운 일이었기 때문이다. 작가 덕분에 체험했던 그 유일무이한 순간에 대한 뜨거운 감사를 작가는 받아들여 주기를.

우리가 감사를 건네고 싶은 분들과 기관은 다음과 같다. 코 지역 유산 연구 모임, 이브토의 라르미티에르 서점, 시의 문화 발전 담당관 안에디트 포숑, 연합 미디어 도서관 관장 파스칼 레퀴예. 레퀴예 관장님의 도움이 없었더라면 이 행사는 개최되지 못했을 것이다. 끝으로 재정적 지원을 아끼지 않은 오트노르망디주의 문화부 산하 지역 대표부와 센마리팀주의 지방 의회에 감사를 표한다.

이브토 지역의 시 연합체 의장 제라르 르게.

이브토 시장, 지방 의회 부의장 에밀 카뉘.

문화 및 커뮤니케이션 담당 부의장 디디에 테리에.

지역 문화유산 가치 제고 대표이자 시 의원 프랑수아즈 블롱델.

차례

돌아가다

첫 책인 『빈 옷장*Les armoires vides*』이 출간된 지 곧 40년이 되어 가는데, 그 작품이 출간되고 나서 프랑스와 전 세계 수많은 도시로 독자들을 만나러 갔습니다. 여러 번 초대를 받았지만 이브토에는 간 적이 없어요.

그래서 어렵지 않게 짐작하건대, 이브토와 주변 지역 주민들은 거기에서 멸시와 끈질긴 원한의 표시를 보았을 수도 있고, 어쩌면 그에 대해 부당하다는 느낌을 품었을지도 모르겠군요. 뭐니 뭐니 해도 저는 이브토와 그곳의 여러 장소와 제가 알았던 사람들을 〈이용〉했고, 제가 유년기와 청소년기를 보낸 이브토에서 많은 것을 가져갔으니, 어떻게 보면 저는 그것이 무엇이든 간에 그곳에 되돌려 주기를 거절한 셈이죠.

물론 조카나 사촌이나 늘 그곳에 살았던 가족의 구성원 자격으로 꼬박꼬박 이브토로 돌아갔습니다. 일곱 살에 죽은 언니와 부모의 무덤을 관리하는 딸의 자격으로 돌아가기도 했고요. 심지어 15년 전에는, 당시 생미셸 〈기숙 학교〉라는 명칭으로 불렸던 초등학교의 졸업생으로 그곳에 돌아가, 슈맹 드 페르 호텔에서 다시 만난 옛 동창생들과 함께 둘러앉아 식사도 했습니다. 하지만 글을 써서 책을 출간하는 여성의 자격으로 그곳에 돌아간 적은 한 번도 없습니다. 마음속 내밀하고 깊은 곳에 자리한 어떤 관점에서 이브토는 이 세상에서 내가 갈 수 없는 유일한 도시라고 말할 수 있을 겁니다. 어째서일까요? 그저, 이브토는 다른 그 어떤 도시와 다르게 제게 가장 중요한 기억의 장소, 어린 시절 및 학창 시절의 기억이 만들어진 장소이기 때문이고, 그 기억은 제 글과 일체를 이룰 정도로, 영원히 지워지지 않을 정도라고 말할 만큼 결부되어 있기 때문입니다. 이번에 이브토 시청의 초청을 받아들이면서, 저는 그 어떤 청중보다 가장 깊숙이 관련된 이브토 주민들 앞에서 저 자신을 설명하기로 수락한 동시에, 도시에 관한 제 기억과 제 글쓰기를 잇는 그 관련성에 관한 이야기를 꺼내기로 결정했습니다.

폐허

30년 전부터, 이브토에 잠깐 들렀다 올 때마다 변화와 파괴를 확인하곤 합니다. 유명한 댄스홀 살 오 포토와 오래된 르루아 영화관이 들어 있던 시장 건물 알 오 그랭[3]처럼, 어떤 것은 이미 오래전에 사라졌는데도 마음이 아팠지요. 집에 돌아오면, 방금 보고 온 새로운 상점과 새로운 건물이 들어선 도시는, 정말이지 오늘날의 모습대로인 도시는 전혀 기억나지 않습니다. 실제 도시는 지워져 버리고 마음에 남지 않아, 거의 즉각 잊고 맙니다. 제가 살았던 집도 엄청나게 바뀌었는데, 운전하며 지나가는 길에 얼핏 보자마자 마찬가지로 곧 잊고 맙니다. 이 점에서는 기억이 현실보다 훨씬 강력합니다. 제게 존재하는 것, 그것은 제 기억의 도시, 세계와 삶에 대한 배움이 일어났던 그 특별한 영토입니다. 또한 제 욕망과

3 알 오 그랭은 곡물 시장을 의미한다.

제 꿈과 제가 겪은 수모로 채워진 영토죠. 달리 말하면, 오늘날의 실제 도시와 아주 다른 영토랄까.

저는 이브토로 표상되었던 그 체험의 영토, 그 영토를 그곳의 수많은 주민과 당연히 공유하지만, 공유 방식은 우선 나이에 따라, 그다음에는 도시 안의 거주 지역, 그러고는 다닌 학교, 끝으로 특히 부모의 사회적 계층에 따라 달라집니다.

제2차 세계 대전 중에 태어나 1945년 가을 이브토에 도착한 뒤 〈영광의 30년〉이라고 명명된 시기, 그러니까 생활 수준 향상과 더욱 윤택해질 것으로 예견된 생활에 대한 기대감으로 물든 그 시기의 상당 부분을 그곳에서 보냈기 때문에, 도시에 대한 제 기억에는 역사의 흔적이 뚜렷하게 찍혔답니다.

우선 역사, 조르주 페렉이 말했듯이 〈거대한 도끼〉를 휘두르는[4] 인류의 역사가 있겠지만, 더 이상 그것은 제가 1944년에 노르망디의 여느 곳처럼 릴본에서도 겪었던 포격의 굉음과 격렬함으로 표출되지는 않았습니다. 천만에요, 이브토에 도착했을 때는 야릇한 평온이, 수백 헥타르에 걸쳐 이브토 중심에 펼쳐진 폐허의 풍경이 빚

4 조르주 페렉이 『W 또는 유년의 기억』에서 사용한 표현으로, 소문자 〈h〉로 표기되는 개인의 역사와 대비하여 대문자 〈H〉로 표기되는 거대한 인류의 역사를 가리키는 한편, 발음의 동일성으로 인해 〈거대한 도끼〉를 의미하기도 한다.

어내는 무언의 비탄이 저를 맞아 줬습니다. 도시 이브토는 통틀어 두 차례 파괴되었는데, 먼저 1940년에 상당히 혼란스러운 정황 속에서 — 민중의 집단 기억은 그에 대한 책임을 시 의회 의원들과 교구장에게 돌렸더군요. 〈모두 나치 병정 앞에서 가장 먼저 튀었고〉라는 관련 글귀를 보면…… — 불탔고, 1944년에는 연합군에 의해 포격을 당했어요. 도심의 모든 건축물, 그 건축물들이 올라가는 모습을 목격했기 때문에 무려 60년 전에 일어난 일인데도 제가 줄곧 〈현대적〉이라고 부르는, 그런 건축물들 자리에 잡다한 잔해물의 벌판이 있고, 거기에 무너지고 남은 담벼락들과 땅에 팬 거대한 구덩이들과 양옆에 잔해물이 즐비한 거리와 신기하게 포격을 피한 집들과 호텔 — 빅투아르 호텔이죠 — 이 보이는 광경을, 그리고 더 이상 성당은 보이지 않는 광경을 그려 보시면 됩니다.

아버지와 어머니는 이삿짐 트럭 앞좌석에 앉고 저는 아버지 무릎에 앉아서 이브토에 도착했는데, 그것이 도착 첫날 제가 받아들인 혼돈의 이미지였습니다. 그날이 아마도 전쟁이 끝나고 처음 맞는 축제였을 〈성루가 축일〉이라서, 무질서하게 사방에 깔린 군중 때문에 이삿짐 트럭이 앞으로 나아가지 못할 정도로 혼돈이 더욱 극심했어요. 이브토의 장이든 나중에 가본 리제르 대로 전체를 차지하는 루앙의 장이든 간에, 장터 축제 — 흔히 들 장이라고 말하는 — 는 늘 제 안에서 일종의 공포와 끌림을 촉발하곤 하는데, 도착 첫날 본 축제와 폐허의 결합이 그러한 감정의 기원에 있는지는 잘 모르겠습니다. 하지만 그 첫 번째 이미지가 제게 지워지지 않는 인상을 남겼다는 것, 그것 하나는 확신합니다.

그 뒤로도 제가 갔던 이곳저곳에서 폐허의 풍경을 볼 때마다, 심지어 로마나 바알베크[5]에서 고대의 폐허를 볼 때도, 의식하지 못하는 사이 유년기의 폐허로 돌아갔습니다. 2000년의 베이루트에서처럼, 포탄의 흔적이 남은 담벼락을 볼 때마다 전율하며 떨었고요.

1970년대 중반, 맨땅에서 갓 모습을 드러내기 시작한, 당시 〈신도시〉라는 용어로 지칭되었던 세르지로 정말 우연히 살러 가게 되었습니다. 사방에 보이는 기중기와 굴착기와 도로와 건축 중인 건물들. 그 광경은 이브토의 중심지 재건, 이 일은 약 10년 동안이니까 제 어린 시절과 청소년 시절의 상당 기간 지속되었는데, 그 재건 현장을 열 배로 증폭해 놓은 셈이었지요. 인구 10만을 수용할 예정인 신도시에서는 제가 살았던 전후 소도시의 이미지가 비쳐 보였는데, 당시는 노르망디에서 재건이 진행되던 시절, 그러니까 사회에 대한 전반적 기대와

5 레바논의 베카 계곡에 있는 도시로, 로마 시대 주요 도시 유적지로 꼽힌다.

진보에 대한 믿음이 함께하던 시절이 표상하는, 요컨대 상당히 경이로운 시기였습니다. 누군가가 간직한 장소에 대한 기억은 양피지 텍스트, 이전 글의 흔적을 겹겹이 품은 수사본과 흡사해, 가끔 이전 글귀가 읽히고 다시 보이기도 한답니다. 1975년에 한창 올라가던 세르지라는 도시 아래에서 저는 1950년대 건설이 한창이던 이브토의 중심지를 읽어 냈고, 〈보았〉습니다.

체험의 영토

비록 어린 시절에 일요일이면 어머니와 함께 걸어서, 나중에는 사촌 콜레트와 자전거를 타고 이브토의 동네 대부분을 돌아다녔지만, 제 기억에 이브토의 지형 전체가 들어 있지는 않습니다. 각자 마음속에 도시에 대한 개인적 인상을 새겨 넣는 것은 바로 특정 거주지와 자주 오가는 익숙한 길들이기 마련이죠. 지금이야 〈동네〉라는 용어가 미디어 매체에 등장하는 정치 평론가들의 입을 통해 가난한 동시에 위험한 구역과 동의어가 되었지만, 제 어린 시절에는 〈동네〉를 입에 올리는 것 자체가 동네와 도심을 비교하는 거였고, 도심으로부터 멀고 또 흔하게는 거주민들의 수입이 보잘것없다고 넌지시 가리키는 것이었습니다. 가끔은 고약한 평판도요. 그런 동네에서는 사람들이 길 이름을 부르지 않았고, 심지어 그 길들은 마치 도시 바깥에 존재하는 것처럼 종종 아예 이름이 없는 경우도 있었습니다. 세월이 한참 흘러 동네들이 겪은 변모 덕분에 이제 이름을 붙여 부를 수 있게 됐지요. 레피늬 동네, 브렘 동네, 샹 드 쿠르스 동네, 그리고 물론 페 동네도요. 사람들은 보통 도심을 기준으로 자신을 규정했습니다. 도심에 관해서는 예나 지금이나 그 윤곽과 경계를 정하기 힘든데, 구체적으로 존재한 적이 없기 때문이지요. 하지만 마이나 칼베르가에, 에탕가에, 카르노가에, 우체국이나 시청에 간다는 의미를 담아 〈시내에 간다〉, 〈시내로 올라간다〉, 심지어 〈이브토에 간다〉라고 말했던 만큼, 우리가 쓰는 말에는 실재했습니다. 마치 자신에게 진정으로 속하지 않은 영토에, 되도록 깨끗하게 차려입고 머리를 단정하게 빗고 가야만 하는 곳에, 가장 많은 사람과 마주치기 때문에 판단과 평가의 대상이 되기 십상인 그런 영토에 가기라도 하는 것처럼, 부모와 나를 포함한 우리 가족 대부분도 〈시내에 간다〉고 말하는 사람들의 범주에 속했어요. 타인의 시선이 지배하는 영토, 따라서 가끔은 수치를 느끼는 영토였죠.

이런 말을 통해 넌지시, 결국 도심과 동네 사이의 공간적 분리를 넘어선 사회적 성격의 또 다른 분리를 환기하려고 합니다. 그러한 성격의 분리가 반드시 지형적 분리와 뒤섞이는 것은 아니었습니다. 빌라나 대저택에 사는 유복한 사람들이 공장 노동자, 수입 없는 노인, 수도도 들어오지 않고 집 안에 화장실도 없는 〈단층집〉에서 비좁게 살아가는 다자녀 가정과 이웃해서 살았으니까요. 저는 역, 레퓌블리크가, 클로데파르가, 카니교 너머 지역과 종을 쳐서 삼종 기도 시간을 알리는 구제원과 그 그늘에 잠긴 샹 드 쿠르스 동네를 아우르는 반경 내에서 세계를 경험했는데, 그 경험이 일어난 특정 영토를 특징지었던 것은 바로 오늘날 사회적 통합이라고 명명되는 것입니다. 또한 그 영토 안에서, 저는 사회적 차별과 불공정을 가장 잘 보이는 자리에서 전망했으며, 제 부모님의 위치 때문에 부유한 자들의 동정, 계급적 멸시를 정통으로 겪었다고 말할 수 있습니다.

제가 쓴 두 권의 책 『자리*La place*』[6]와 『한 여자』에서 자세하게 언급했던 것들, 부모 둘 다 노동자였다가 처음에는 릴본에서, 그다음에는 클로데파르가의 끝자락에서 식료품점 겸 카페를 운영하게 되었고, 그러면서 제한적이나마 사회적 계층 상승을 이뤄 냈다는 사실을 이 자

6 『남자의 자리』라는 제목으로 번역되어 있지만, 이 제목으로는 작품이 가리키는 사회적 위계로서의 자리를 담아내기 힘들다고 판단해, 원제를 살려 『자리』로 옮긴다.

리에서 전부 되살리지는 않겠습니다. 하지만 부모가 운영하는 식료품점 겸 카페라는, 전적으로 장사에 바쳐졌으며 내밀한 삶이라고는 거의 존재하지 않는 장소에서 매일 펼쳐졌던 모습 그대로의 현실에, 그러니까 가장 노골적이며 때로는 가장 폭력적인 사회적 현실에 맞닥뜨렸던 만큼, 어린 시절과 청소년 시절 제 시선이 포착해서 차곡차곡 쌓아 뒀던 것들을 강조하려고 합니다. 어머니가 그 어떤 이유로든 자리를 지키지 않고 멀리 있어 상점 문에 달린 종이 울리는 소리를 듣지 못할 때면 〈엄마, 누구 왔어요!〉라고 소리치지 않을 수 없었어요. 주위에 늘 사람들이 있었다고, 요컨대 비록 주 고객층이 동네 주민 중 형편이 가장 열악한 집단에 속했다지만, 어쨌든 다양한 사람들 가운데에서 자랐다고 말할 수 있습니다. 도심의 현대적 상점들과 달리 이곳에는 익명의 개인이 없어서, 고객마다 가족과 사회와 심지어 성(性)의 층위에서 개인사를 지녔고, 그 개인사는 식료품점에서 넌지시 이야기되었으니, 당연히 저는 오가는 이야기 중 아주 작은 부스러기 하나도 놓치지 않았더랬죠. 부모님이 빈곤과 〈성공하지 못하리라〉는 두려움과 저녁마다 세어 봐도 줄어들기만 하는 〈매상고〉에 대한 고뇌로 경제적 현실과 직접 맞닿아 있었듯이, 그들 역시 그러한 형편의 다양하고 북적대는 집단이었습니다. 고객이었든 아니었든 동네 사람들 모두가 기억납니다. 『빈 옷장』을 쓸 때 그들의 모습이 글 속에 뚜렷이 존재했지요. 물론 이름은 바꿨지만요.

그 뒤에 나온 또 다른 작품 『수치*La honte*』[7]에 이런 글귀가 있습니다.

52년에, Y를 벗어난 곳에 있는 나를 생각할 수 없다. — **제가 〈이브토〉라는 온전한 지명을 쓰지 않는다는 사실에 주목하세요. 제게 그것은 신화적 도시, 기원의 도시이기 때문입니다** — 그곳의 거리와 상점과 나를 아니 D 혹은 〈D네 딸아이〉 — **아니 뒤셴임을, 모두가 그 사실을 알고 있습니다** — 로 알고 있는 주민들을 벗어나서는. 내게 다른 세계는 없다. 이야기마다 Y가 등장하며, 사람들은 바로 그곳의 학교, 그곳의 교회, 포목과 방물 등 최신 유행 물품을 파는 그곳의 상점, 그곳의 축제를 기준으로 자신의 자리를 정하고 욕망을 품는다.

7 『부끄러움』이라는 제목으로 번역되어 있지만, 수줍음과 의미장(場)이 겹치는 〈부끄러움〉 대신, 사회적 수치를 다루는 작품 내용과 더 잘 부합되는 『수치』로 옮긴다.

이브토 이외 다른 세계는 없다, 그것이 오랫동안 — 열여덟 살 때까지 — 진실이겠지만, 제게는 학교에서 습득하는 지식과 독서라는 두 가지 도피처가 이미 있었고, 점점 더 빈번하게 그것들을 찾게 될 터였습니다.

학교에 가다

생미셸 기숙 학교는 당시 이브토 도심에 자리했고 지금도 그러하지만, 학교와 먼 곳에 살아서 자전거를 타고 등하교하던 학교 친구들과 마찬가지로, 저 역시 여섯 살부터 열여덟 살이 될 때까지 하루에 네 차례씩 집과 학교를 오간 여정을 가리키려고 〈시내에 간다〉는 표현을 쓴 적은 한 번도 없습니다. 그것은 그저 학교, 아주 폐쇄적이며 제 가족의 공간과 정반대되는 다른 세계였으니까요. 그 학교는 종교 학교, 종교 교육과 기도가 오늘날에는 상상도 못 할 정도로 큰 자리를 차지하는 가톨릭 학교였을 뿐만 아니라 많은 사람에게 〈부유층 학교〉로 간주되었는데, 부분적으로는 틀린 말이었습니다. 특히 초등학교에는 노동자의 자녀들도 있었으니까요. 하지만 부유층 자녀들, 당시에는 대놓고 〈좋은 집안 출신〉이라고 불렀던 아이들이 공부에서는 뛰어나지 못해 좋은 성적을 거두지는 못한다 해도 더 많은 존중을 누리던 학교였습니다.

가정과 대립하는 학교 사회는 지식, 추상적 사고, 글말을 향해 열려 있었습니다. 그곳은 세계의 확장이었습니다. 정확하게 사물들을 명명하고 저의 언어생활에 남아 있는 사투리를 없애고 〈올바른〉 프랑스어, 규범적 프랑스어를 쓸 수 있는 능력을 길러 주었지요.

배우는 즐거움, 저는 그것을 특히 어머니의 격려 덕분에 일찌감치 알았고, 부모님이 제가 배우기를 좋아함을 좋아한다는 사실을 깨달았습니다……. 일화 하나가 떠오르는군요. 중학교에 들어가자 페르네 교장 수녀님이 교실로 들어와서 다짜고짜 누가 라틴어를 배울 생각인지 물었어요. 그러한 선택권에 대해 아는 것이 전혀 없는 부모님의 의사를 물어본 적은 없지만, 저는 서너 명의 다른 여학생과 함께 손을 들었습니다. 영어 외에 라틴어를 배울 수 있다는 게 기가 막히게 좋았고, 그런 소식을 들고 집으로 돌아간다는 게 무척 자랑스러웠으니까요! 부모님이 만족하리라는 건 말할 나위도 없었습니다. 실제로 그랬고요. 단지 그런 강의는 수업료에 포함되지 않아 몹시 비싼 청구서가 날아왔다는 것만 제외하면요. 하지만 어머니 — 돈주머니 끈을 쥐고 있는 쪽이었어요 — 는 돈을 내며 찌푸리지 않았고, 제가 혼자 내린 결정을 비난하는 일은 더더욱 없었습니다.

하지만 바로 그 연장선상에서, 교사들의 말과 그들의 언어와 위생 규칙에 의해, 그리고 나중에는 더 좋은 옷을 입고 휴가를 떠나고 여행을 하며 고전 음악 음반을 소유한 다른 학생들과의 비교를 통해 나의 가정 환경이 낙인찍힘에 따라, 학교 사회는 또한 가정으로부터의 점진적 이탈이기도 했습니다. 그러한 사회적 수치를 은밀하고 잊히지 않는 방식으로 몇 차례 겪었고, 겪은 그대로 제 책에 실린 적이 없는 예를 하나 들어 보겠습니다. 〈자서전과 사회적 여정〉이라는 주제로 독자와의 만남을 준비하다가 지난해 갑자기 떠오른 기억입니다. 자, 말씀드리죠.

어느 토요일 1시 반, 중 3 교실. 글쓰기 수업이 시작되기 직전이어서 아이들이 자리에 앉으며 법석을 떨어 댈 때였습니다. 국어를 가르치는 셰르피스 선생님은 아직 도착하지 않았던 걸로 기억합니다. 잔 D는 저와 그다지 친하지 않은 학생 — 그 애의 부모는 세련된 사람들로, 그 도시에서 유일한 안경점을 운영했어요 — 이었는데, 그 애가 아무나 들으라는 듯 소리쳤어요. 「락스 희석수 냄새가 진동하네!」 그러더니, 「대체 누가 이렇게 락스 희석수 냄새를 풍기는 거야? 락스 희석수 냄새를 못 **견디겠다고!**」 저는 땅 밑으로 꺼지고 싶었고, 책상 아래로,

어쩌면 덧옷 주머니였을 수도 있는데, 손을 가져가 숨겼습니다. 수치심으로 제정신이 아니었고 주위 친구 중 누군가 저를 지목할지 모른다는 생각에 기겁했습니다. 락스 희석수 냄새를 풍기는 사람은 바로 저였으니까요. 아마도 그 순간 반 시간 전 우리 집 부엌으로, 평소처럼 식사하고 나서 손을 씻을 수 있게 대야에 물을 받아 늘 찬장에 놔두는 그곳으로 — 집에는 수도가 없었어요 —, 이번에는 그 물에서 락스 냄새가 풍겼는데도 정말이지 조금도 거북해하지 않고 손을 씻었던 그곳으로 되돌아갈 수 있었더라면 좋았을 겁니다.

중학교 3학년 여자아이였던 저는 그 모든 상황을 아주 정확하게 파악해, 그때까지는 청결의 신호 자체였던 〈락스〉 — 우리 집에서는 〈락스 희석수〉가 아니라 늘 〈락스〉라고만 말했어요 — 냄새가, 어머니가 걸친 덧옷과 침대 시트와 박박 닦은 타일과 요강에서 나던 그 냄새, 그 누구도 불편하게 하지 않던 그 냄새가 오히려 사회적 냄새, 잔 D네 가정부가 풍기는 냄새임을, 〈아주 순박한〉 — 교사들이 흔히 말하듯 —, 즉 열등한 계층에 속한다는 신호임을 그때 깨달았습니다. 그 순간 저는 잔을 증오했습니다. 나 자신은 더더욱 증오했고요. 곧바로 나라고 밝히지 못하는 비겁함 때문이 아니라, 내가 대야의 물에 손을 담갔기에, 잔의 세계가 갖는 혐오감에 대해 내가 무지했기에 그랬던 겁니다. 잔에게 은근히 나를 모욕할 동기를 줬기에 나를 증오했던 거죠. 그 순간, 다시는 되풀이하지 않겠다고, 이제부터는 그 냄새에 조심하겠다고 확실히 맹세했습니다. 한마디로, 청소에 사용한 락스 희석수 냄새를 풍기는 여자들 세대와 관계를 막 단절한 참이었죠.

읽다

앞에서, 학교와 더불어 도피처이자 지식의 원천으로서 독서를 언급했습니다. 그런데 기숙 학교가 독서를 권장했던 기억은 전혀 없습니다. 그 시절 가톨릭 교육 기관은 책에서 — 잡지에서는 더욱더 — 잠재적 위험을, 온갖 윤리적 일탈의 근원을 보았으니까요. 상장 수여식 날 받은 책들은 마음이 끌리거나 나아가 읽어 줄 만한 것과 거리가 멀었고, 쾌락의 개념은 거기에서 철저하게 배제되었는데, 그래도 저는 『오말 공작 이야기』나 『리오테 원수』를 읽어 보려고 노력했답니다! 어머니를 통해서, 그리고 어머니 스스로 독서에서 즐거움을 발견했던 만큼 저 역시 책을 읽을 줄 알게 되자마자 책을 읽을 수 있었고 읽어도 되었는데, 명백히 위험한 작품들, 〈연령 제한가〉 작품들, 어머니가 제 손이 닿지 않는 곳에 숨겨 두던 — 몹시도 허술하게 — 작품들을 제외하면 어떠한 제한도 없었어요. 그리하여 저는 열두 살에 모파상의 소설 『어떤 인생』[8]을 읽고서 몹시 강렬한 인상을 받았는데, 이 책은 커피 꾸러미들 사이에 숨겨져 있었어요. 하지만 아홉 살인가 열 살에 『바람과 함께 사라지다』, 제 흥미를 돋우는 여성 잡지들과 『파리-노르망디』에 실리는 연재소설들 — 프랭크 슬로터의 의학 소설, 크로닌과 엘리자베트 바르비에의 의학 소설이 유행하던 시대였죠 — 은 읽어도 됐고, 따라서 당연히 잭 런던, 디킨스, 조르주 상드, 샬럿 브론테의 세계 문학 고전을 어린이용으로 개작한 〈녹색 총서〉의 책들 역시 읽어도 됐습니다.

도심에는 욕망과 쾌락의 기억으로 남은 두 종류의 상점이 있는데, 제과점과 그에 적어도 맞먹는 서점입니다. 서점은 두 군데 있었는데, 보케 서점과 들라마르 서점이었죠. 들라마르 서점이 있는 〈파사주〉에서는 비를 피하며 그곳에 설치된 텔레비전을, 그 엄청나게 신기한 물건을 지켜볼 수 있기 때문에 아주 빈번하게 사람들이 들르는 곳이었어요. 이 이야기를 하다 보니, 읽은 책 — 아니, 차라리 읽지 못한 책! — 에 얽힌 특별한 추억이 떠오르는군요. 진열대에 전시된 책들 가운데에서 『육체의 악마』라는 제목을 단 책이 한 권 있었어요. 책 제목에 제 호기심과 같은 반 친구의 호기심이 폭발했습니다. 중학

8 한국에서는 『여자의 일생』으로 알려졌다.

교에 입학한 해였어요. 우리 둘 중 누가 그 책을 사자고 선동했는지는 모르겠지만, 제가 많이 부추겼다는 건 기억한답니다! 하지만 책값을 낼 돈이 있는 쪽은 그 애, 농부의 딸인 샹탈이었어요. 그래서 우리 둘이 서점에 들어가서 『육체의 악마』를 요구했습니다. 서점 점원이 우리를 보고 위아래로 훑더니 한마디 던지더군요. 「잘 알겠지만, 그 책은 너희를 위한 게 아니란다.」 그 말에 제가 눈썹 하나 까딱하지 않고 대거리했습니다. 「부모님이 보실 거예요!」 책값을 낸 샹탈이 그 책을 먼저 읽는 혜택을 누렸고, 매일 학교에서 조금씩 책 이야기를 해줬습니다. 왜 그랬는지는 더 이상 기억나지 않지만, 그 책은 제 손에 들어오지 못했답니다. 어쩌면 『육체의 악마』를 생미셸 기숙 학교에 가져오는 것이 너무 위험했을지도 모르죠. 마침내 열여덟 살에 라디게의 그 소설을 읽었고, 그때 이 이야기가, 한 권의 책에 대해 품었던 그 광적인 욕망이 다시 생각났어요…….

그 시절 저는 책이 부족했고, 우리 모두 책이 부족했습니다. 물론 시립 도서관이 있었지만 일요일 아침나절에만 문을 열었고, 철저하게 엘리트 위주로 운영되는 방식이어서, 주민 중 교양 있는 소수 집단에 속한다면 모를까, 교양을 쌓으려는 그 어떤 욕망도 좌절될 만했습니다. 실제로 도서관에 도착하면 이렇게 말해야 했어요.

「이런 책 주세요.」 물론 그것도 좋아요. 하지만 아무리 교양을 넓히려는 욕구가 강해도 자신이 무엇을 좋아할지 반드시 알고 있는 건 아니잖습니까. 정보가 필요한 법이죠. 간단히 말해, 제게 이브토에서 보낸 어린 시절과 청소년기는 고전 문학과 현대 문학 양쪽 모두를 읽으려는 부단한 열망으로, 따라서 책값이 비쌌던 당시 온갖 수단을 동원해 책을 손에 넣으려는 끈질긴 추구로 보입니다. 또한 전부 읽을 수는 없는 법이니, 반드시 읽어야 할 것들이 무엇인지에 대한 추구로도요. 저는 〈책이라고 다 좋은 게 아니〉라는 것을 알고 있었습니다. 라루스 출판사에서 나온 청소년용 고전들이 문학 세계 진입에 커다란 역할을 했지만, 꼭 그만큼의 욕구 불만을 자아냈는데, 그 총서에는 모든 작품이 발췌 형식으로 들어 있었으니까요. 그렇게 해서 중학교 졸업반 때 난생처음 『노트르담 드 파리』를 읽었는데, 그 독서는 거의 고통에 버금갔죠. 작품의 4분의 3이 없었거든요…….

고등학교 1학년 때 같은 반 친구는 제가 그 애 아버지의 장서 — 사람들이 집에 개인 장서를 소유할 수 있다고는 상상도 못 했으니까요! — 앞에서 보여 준 얼떨떨함과 황홀함의 감정을 기억하리라 생각합니다. 그만큼의 책을 소유하고 마음대로 꺼내 본다는 것은 듣도 보도 못한 특권으로 여겨졌습니다.

따라서 책은 아주 일찍부터 제 상상력의 영토, 제가 알지 못하는 이야기와 세계에 대한 투영의 영토였습니다. 훗날 책에서 삶의 사용법을 발견했는데, 학교의 언설이나 부모의 언설보다 더 많이 신뢰했습니다. 제게 현실과 진실은 책 속에, 문학 안에 있다고 생각하는 경향이 생겨났지요.

쓰다

젊은 시절을 보낸 도시와 연관 지어 펼쳐 낸 기억의 파노라마는 물론 총망라된 것이 아니고, 특히 감정 교육이 빠져 있는데, 그것은 도심, 그러니까 남자아이들과 여자아이들이 끝도 없이 마주치던 그 유명한 마이 거리를 중심으로 이뤄졌습니다. 저는 제 글쓰기의 바탕에 무엇이 있는지 확실히 드러내 보고 싶었어요. 바로 그 이야기를 이제 하려고 합니다. 제가 여기 이 자리에 있는 것, 요컨대 공개적으로 스스로에 대해 설명할 권한이 제게 있음을 정당화해 주는 것이 바로 제가 썼던 책들이기 때문이죠……. 그러한 기억과 제 책의 내용 사이에는 어떠한 연금술이 존재할까요? 그러한 기억과 제 글쓰기 방식 사이에는 어떠한 연관성이 존재할까요?

방금 어린 시절에 독서가 차지했던 중요성을 언급했

습니다. 문학 관련 과목들이 아주 빠르게 학교에서 제가 제일 좋아하는 과목이 되었음을 덧붙여야겠는데, 저는 〈국어 작문〉을 좋아했고 탐욕스럽게 문학 교재들을 읽어 치웠어요. 진로 결정을 할 때 약간의 혼란이 있고 나서 — 고등 사범 학교 수험 준비반은 말할 것도 없고, 계열이 뭔지도 모르는 그런 집안에서 태어난 사람에게는 흔히 있는 일이랍니다 — 스무 살이 되어서야, 자연스럽게 루앙 대학교 문과 대학에 들어갔고, 당시 목표는 두 가지였습니다. 국어 과목 가르치기, 그리고 가능한 한 빠른 시일 안에 소설 쓰기. 교양을 갖추지 못한 서민 집안에서 태어난 여자아이라서, 여성이라서 글 쓰는 것이 품을 수 없는 야망이라고 생각해 본 적은 없어요. 그것은 무엇보다 욕망과 의지의 문제라는 확신에 이끌렸으니까요. 스무 살에서 스무세 살 사이에 시와 중단편들을 썼고, 장편 하나를 쇠이유 출판사에 보냈다가 거절당했는데, 오늘날에 와서는 그럴 만했다고 말할 수 있겠습니다. 1960년대 초엽인 그 시절에 저는 〈누보로망〉 문학 운동 — 로브그리예, 클로드 시몽, 나탈리 사로트, 미셸 뷔토르 등의 작가들을 아우른 — 에 강하게 이끌렸습니다. 이 문학 운동은 실험적 글쓰기를 권장했고, 독자가 접근하기에 상당히 쉽지 않은 텍스트들을 생산했다는 사실은 인정해야겠죠. 스물두 살에 쓴 소설은 저의 기억과 결부된 측면이 전혀 없어서 일종의 구체성이 결여된 대상물이었으나, 어쨌든 야심 차기는 했습니다. 그 당시와 그 뒤 여러 해 동안, 처음에는 생각이, 그 뒤에는 지리적 위치가 가족과 노르망디로부터 멀어졌기 때문에, 실제로 저는 어린 시절과 청소년기의 기억을 전부 지워 버렸습니다. 그저 하나의 유산만, 초중고와 대학과 문학이 제게 준 유산만 받아들였습니다.

『자리』를 읽은 사람들은 제가 기억의 그러한 재작동, 그러니까 억눌렸던 기억의 회귀, 제 역사와 윗대의 역사를 향한 회귀가 일어나는 시기를 1967년 아버지의 갑작스러운 사망으로 잡는다는 것을 알고 있습니다. 동시에 바로 그 특정 순간에, 교양과 결혼을 통해 접하게 된 부르주아 세계로 인해 저 자신이 변해 버렸음을 인식했습니다.

나중에 사회학은 그러한 특정 상황을 가리키기에 적합한 용어를, 그러니까 〈계급 종단자〉[9] 혹은 〈상향 계급 이탈자〉라는 용어를 제공해 줄 겁니다. 아버지를 잃은 바로 그해 기술반이 있는 고등학교에 교사로 처음 임용

9 transfuge de classe. 프랑스의 철학자 샹탈 자케Chantal Jaquet가 출신 계급에서 이탈하여 다른 계급으로 옮겨 간 사람들을 가리키기 위해 사용한 용어다. 〈계급 탈주자〉 혹은 〈계급 횡단자〉로도 번역이 되나, 계급의 위계성을 고려하여 〈계급 종단자〉로 옮긴다.

되면서 현실로 돌아갔어요. 제 앞에 있는 40여 명의 학생은 대부분 오트사부아 지역의 농부나 노동자 계급 집안 출신이었습니다. 저는 그들의 출신 문화와 제가 가르치는 문학 사이의 깊은 간극을 헤아려 보았습니다. 또한 학교를 통해 사회적 불평등이 재생산되는 불공정을 확인했습니다. 아버지 — 어머니보다 훨씬 더 노동자와 농부의 세계에 뿌리내린 인물을 구현했던 — 의 죽음에서 출발해, 투박하고 예의 없고 지배 계급의 가치에 대해 무지하다는 점에서 그 나이 때 내 모습과 같은 아이들이 섞여 있는 학생들을 가르치는 일에서 출발해, 그러니까 바로 그러한 이중의 경험에서 출발해 무엇을 **써야만 하는지** 깨달았습니다. 그러니까 제가 겪은 현실을, 이미 제 존재를 뚫고 지나간 그 모든 것을 써야 한다는 것을요. 어린 시절과 청소년 시절 저는 줄곧 꿈과 상상 속에서 살았으나, 출간된 첫 작품, 그러니까 『빈 옷장』부터는 그와 반대로 현실과 현실에 대한 기억이 저를 사로잡았고 제가 쓰는 책들의 재료를 이루었습니다.

어떻게 쓸까

무엇을 쓰고 싶은지 아는 것, 좋아요, 그 문제의 경우 제가 처음은 아니죠. 하지만 어떻게 쓸 것인가, 어떤 방식으로 쓸 것인가는 엄청난 질문입니다. 클로데파르가에 자리한 식료품점의 어린 딸이자 어린아이와 청소년 시절 서민의 입말과 서민의 세계에 젖어 있던 제가, 습득하고 배운 문학적 언어로, 문학 교사가 되었기에 가르치게 된 그 언어로 글을 쓰고 거기에서 본보기를 구해야 할까요? 억지로 밀고 들어간 문학적 언어로, 장 주네의 말을 빌리자면 〈적의 언어〉로, 이때 적은 제가 속한 사회 계층의 적으로 이해하면 될 텐데, 그런 언어로 스스로 의문을 제기하지 말고 글을 써야 할까요? 제가, 이를테면 내부로부터의 이민자인 제가, 어떤 방식으로 글을 쓸 수 있을까요? 처음부터 저는 한쪽에 자리한 문학적 언어, 배우고 사랑했던 그 언어, 그리고 다른 한쪽에 자리한 출신 언어, 집에서 부모가 사용하는 언어, 피지배자들의 언어, 그 뒤 제가 부끄럽게 여기지만 여전히 제 안에 남아 있을 언어, 이 두 언어 사이의 긴장 속에, 심지어 찢김 속에 잡혀 있었습니다. 결국, 문제는 이거죠. 글을 쓰면서 어떻게 나의 출신 세계를 **배반하지** 않을 것인가?

초기 소설 세 편에서는 셀린의 영향을 받아 격렬한 글쓰기(『빈 옷장』, 『얼어붙은 여자*La femme gelée*』)를 실천했지만, 바로 『자리』부터, 그러니까 아버지의 삶, 평범한 삶을 그리는 것이 관건이 되었을 때부터 그러한 긴장과 그러한 찢김에 대한 해결책이 모습을 드러냈습니다. 바로 그 작품에서 저는 제가 선택한 글쓰기를 설명합니다.

> 내게는 궁핍에 끌려다니는 삶을 기술하겠다면서 예술의 편을 들 권리도, 〈열정적〉이거나 〈감동적인〉 무언가를 만들어 내려고 애쓸 권리도 없다. 아버지의 말, 동작, 취향, 그의 삶에서 특기할 만한 사실들, 나 역시 공유했던 생활의 모든 객관적 표지를 모아 놓으려 한다. 기억에 대한 그 어떤 시적 꾸밈도, 쾌감을 주는 조롱도 안 됨. 내게 자연스럽게 밋밋한 글쓰기가 떠오른다. 예전에 중요한 소식을 전하려고 부모에게

편지를 쓰면서 사용했던 바로 그 글쓰기가.

제가 슬쩍 언급한 그 편지들은 늘 간결하게, 의도적으로 문체 효과를 쳐내고 **어머니가 쓴 글의 어조와 동일한 어조**로 작성되었습니다. 부모님은 제게서 유머, 우아함, 서간체의 기법을 기대하지 않았고 그저 제 생활 조건이 어떤지에 대한 정보를, 〈내가 지금 있는 곳에서 잘 지내고 있는지〉, 제가 행복한지 알기를 바라셨지요.

좀 더 정확하게 말하자면, 『자리』의 문체는 고전적 문학 언어를 계승하는 동시에 서민 계층의 말을 통합하는 언어를 새로이 만들어 내려는 선택의 결과였습니다. 고전적 언어는 이를테면 간결하고 메타포가 없고 장황한 묘사가 없는 분석의 언어이고, 서민의 말은 그 계층에서 사용되는 낱말 및 표현으로 가끔 사투리도 들어가지요. 하지만 사투리는 한정된 지역과 관련된 만큼, 모두가 이해할 수 있도록 제가 무슨 의미인지 알려 줍니다. 예를 들면 이렇게요. 〈피오처럼 우둔한 놈(피오는 노르망디어로 칠면조를 가리키는 말).〉

그러한 낱말과 그러한 문장을 글 안에 포함하는 것은 제게 대단한 사회적 의미를 지닙니다. 『자리』에서 기술했듯이, 바로 그러한 낱말과 문장이 〈나의 아버지가 살았던, 나 또한 살았던 세계의 색채와 한계를 말〉해 주기 때문이죠. 『자리』의 도입부에서 가져온 몇 가지 예시를 통해 그러한 글쓰기를 해체해 보겠습니다.

이야기는 20세기가 되기 몇 달 전, 바다에서 25킬로미터 떨어진 코 지역 시골 마을에서 시작된다. 땅을 갖지 못한 사람들은 지역의 대농들에게 자신의 몸뚱어리를 빌려줬다.

〈몸뚱어리를 빌려주다〉라는 말은 제가 아이일 적에 들어 본 말인데, 농업 노동자와 그를 고용한 주인의 관계를 속속들이 떠올리게 합니다.

따라서 할아버지는 짐수레꾼으로 농장에서 일했다. 여름이면 건초도 만들고 수확도 했다. 그는 여덟 살부터 평생 그 밖의 다른 일은 하지 않았다. 토요일 저녁이면 아내에게 품삯을 전부 가져다주고는 용전(用錢)을 받아 도미노 노름을 하고 독주를 마시러 나갔다. 그는 술에 취하고 더욱 음울해진 기분으로 돌아왔다. 별것 아닌 일로 모자를 벗어 아이들을 때렸다. 냉혹한 남자였고, 감히 그 누구도 그에게 시비 붙으려 들지 않았다. 그의 아내에게는 날마다 웃음꽃은 아니었다.[10]

할아버지에 대한 이 대목은 주로 제가 기억하는 아주 서민적인 낱말과 표현(〈시비 붙다〉, 〈용전〉, 〈날마다 웃음꽃은 아니다〉)으로 이루어져, 겪었던 그대로의 현실에 대한 느낌을 전달하지요.

평소 제 소망은 모두의 언어로 문학적인 글을 쓰는 것입니다. 위계질서를 파괴하고 사람들이 사회에서 차지하는 자리가 무엇이든 간에 그들의 말과 동작에 똑같이 의미의 중요성을 부여하는 방식이니까, 정치적이라고 규정할 만한 선택이죠.

훗날 『바깥 일기*Journal du dehors*』와 『외부의 삶*La vie extérieure*』에서, 제가 고속 전철이나 전철 등의 대중교통과 대형 하이퍼마켓에서 보이는 것들에, 한마디로 나와 스쳐 지나가는 사람들에게 관심을 가졌던 게 설명되는 선택이죠.

10 아니 에르노는 언어 층위에서 작동하는 권력관계를 해체할 목적으로 서민 계급 특유의 표현을 의도적으로 텍스트에 녹여 넣는다. 여기서 작가가 그 대표적인 예로 든 〈용전dimanche〉은 프랑스어로 〈일요일〉을 뜻하기도 하지만 〈일요일에 아이에게 주는 용돈〉을 의미하기도 한다. 〈dimanche〉를 〈일요일〉로 옮기면, 서민적인 색채도 사라질 뿐만 아니라 할아버지라는 인물의 성격도 크게 바뀐다. 꼬박꼬박 품삯을 갖다 바치고 아내에게서 〈용전〉을 받아 쓰는 할아버지는 아내와 자식에게 살갑지는 않지만 성실한 노동자로서 경제적 책임은 다했던 남자로 비치지만, 가톨릭 종교가 일상을 지배하던 19세기 말의 프랑스 시골에서 경건해야 할 〈일요일〉에 거리낌 없이 도박과 술을 일삼는 할아버지는 망나니로 비친다. 이렇듯 텍스트 내에서 다층적으로 작용하는 〈용전〉이 기존 번역본에서는 〈일요일〉로 나와 있어 정정했다.

『삶을 쓰다*Écrire la vie*』, 이것은 40년 전부터 진행된 저의 글쓰기 기획과 갈리마르에서 출간한 〈콰르토 총서〉 선집에 골라 넣은 텍스트 전체를 규정하기에 가장 적합해 보였던 제목입니다. 〈**나의** 삶을 쓰다〉가 아니라 그저 〈삶을 쓰다〉, 그 차이가 무어냐고 물으실지도 모르겠군요. 제게 일어났고 일어나고 있는 것을 유일한 무언가, 덧붙여, 수치스럽거나 말할 수 없는 무언가가 아니라 일반적 진실을 이해하고 드러내기 위한 관찰 재료로 바라보는 것입니다. 그런 관점에서 보면 내면의 심층이라고 부르는 것은 존재하지 않으며, 개인적이고 개별적인 방식으로 — 그 일들은 다른 누군가가 아니라 바로 자신에게 일어난 것이니까요 — 겪은 것들만 존재합니다. 하지만 문학은 개인적인 것들을 비개인적 방식으로 써서 보편에 도달하려고 애쓰는, 장 폴 사르트르가 〈보편적 개별자〉라고 불렀던 것을 만들어 내려고 애쓰는 작업입니다. 오로지 이렇게 함으로써만 문학은 〈고립을 부숩니다〉. 오로지 이렇게 함으로써만 수치, 사랑의 열정, 질투, 흘러가는 시간, 가까운 친척의 죽음에 대한 경험, 이 모든 삶의 일을 나눌 수 있습니다.

물론 제 기억은 노르망디와 서민이라는 서로 분리될 수 없는 두 요소와 결부된 청춘의 이미지들과 말에 뿌리내리고 있어요. 『자리』, 『한 여자』, 『수치』는 이브토와 노르망디 주민들이 당연히 이브토라는 도시와 그곳의 장소들과 심지어 말들까지도 알아본 세 개의 텍스트죠. 하지만 그 텍스트들이 문제 삼는 것은 보편의 층위에 속합니다. 사회적 자리 및 여정, 수치를 다루고 있으니까요. 그래서 그 텍스트들은 일본이나 한국이나 이집트처럼 다른 문명권 나라들에서도 번역되어 읽힐 수 있었습니다.

마찬가지로, 『세월*Les années*』에서는 이브토에서 보고 들은 것에서 출발해 1940년대 말부터 1960년대 말까지 기간을 그려 냈습니다. 그리하여 1950년대 등장한 〈보름간의 상업 주간〉에 대한 묘사는 이브토에서의 제 경험에 바탕을 두지만 모두의 기억에 호소하는 집단적 방식으로 쓰였습니다.

> 불변성 아래 놓인 로제 랑자크[11]의 사진이 들어 있는 작년 서커스 포스터들, 친구들에게 나눠 준 첫 영성체 사진들, 라디오 룩상부르[12]에서 틀어 주는 〈클럽

11 Roger Lanzac(1920~1996). 가수이자 배우였으나 텔레비전과 라디오 진행자로 명성을 얻었다. 자신의 서커스 공연을 만들 정도로 서커스에 대한 애정이 유별났다.

12 1933년에 설립된 룩셈부르크의 다언어 상업 방송국으로, 1950년대와 1960년대에 대단한 사회 문화적 영향력을 발휘했다. 1966년에 RTL로 이름을 바꿨다.

데 샹소니에〉, 하루하루가 새로운 욕망으로 채워졌다. 일요일 오후면 사람들은 가전제품 매장 진열대에 놓인 텔레비전 앞에 들러붙었다. — 들라마르 파사주에 관한 기억

카페에서는 손님을 끌려고 텔레비전 수상기 구입에 돈을 썼다. — 라 비에유 오베르주 카페에 대한 기억

장터 축제와 바자회의 중간 성격인 보름간의 상업 주간이 봄맞이 의식처럼 자리를 잡았다. 도심 거리마다 설치된 확성기에서 경품인 심카[13] 자동차나 부엌 가구 세트에 당첨되려면 물건을 구입하라고 부추기며 울부짖는 사이사이로, 아니 코르디[14]나 에디 콩스탕틴[15]의 노래가 끊고 들어왔다. 시청 앞 광장에 설치된 무대에서는 현지에서 활동하는 사회자 — 그 이름을 기억하고 있지만, 거명하지는 않을래요…… — 가 로제 니콜라와 장 리샤르[16]풍의 농담으로 사람들을 웃기

13 피아트가 만든 프랑스와 이탈리아의 합작 자동차 회사(1934~1980). 심카 브데트 시리즈(1954~1961)는 특히 중산층에게 인기가 많았다.

14 Annie Cordy(1928~2020). 프랑스로 귀화한 벨기에 태생의 가수이자 배우.

15 Eddie Constantine(Edward Constantinowsky, 1917~1993). 프랑스에서 활동한 미국의 가수이자 배우.

16 Roger Nicolas(1919~1977), Jean Richard(1921~2001). 로제 니콜라

면서 라디오에서처럼 노래자랑 대회[17]나 중단 혹은 계속 방식의 퀴즈 게임[18]에 참가할 후보자를 불러 모았다. 상업의 여왕으로 뽑힌 아가씨는 왕관을 쓰고 단상 한구석에 당당히 앉아 있었다.[19]

이브토는 결국 실험 장소, 기억으로부터 제공받아 글쓰기에 이용되는, 이를테면 글쓰기가 일반적인 무언가로 변형시키는 원재료인 셈이죠.

플로베르는 『서신집』에서 희한하게도 이브토를 종종 들먹이며, 그곳에서 보이는 추함에 대해 악착스레 물고 늘어집니다. 이브토를 〈세상에서 가장 추한 도시〉라 쓰고는 〈콘스탄티노플 다음으로〉라고 한마디 덧붙여 어쨌

는 노래, 연기, 만담 등 다방면에서 활약했고, 장 리샤르 역시 서커스, 카바레, 영화, 텔레비전 등 다양한 영역에서 활동했다.

17 라디오 뤽상부르의 유명한 노래 경연 프로그램 「크로셰」를 암시한다.

18 1950년대 시작되어 1966년까지 이어졌던 라디오 뤽상부르의 퀴즈 프로그램 「키트 우 두블」을 가리킨다.

19 아니 에르노가 자주 언급하는 『세월』은 1940년과 1985년 사이의 시간을 개인의 내면 깊숙이 가라앉아 있던 물질적 기억들을 건져 올려 집단의 기억으로 복원하려는 독특한 시도를 담은 작품이다. 개인의 역사에서 살아남아 『세월』이라는 텍스트로 존재하게 된 기억들은 동시에 집단이 겪은 시간에 대한 중요한 증언이기도 하다. 이 인용문에서 길게 다루고 있는 〈보름간의 상업 주간quinzaine commerciale〉 역시, 매년 봄철에 지역 상권 활성화를 위해 축제 형식에 상업 활동을 결합해 지역마다 벌였던 주요 행사로, 그 시대를 살았던 사람들이 공유하는 강렬한 집단의 기억이다. 지워졌던 집단의 기억이 다시 살아나기를 바라며, 기존 번역본의 〈15개의 상점〉을 〈보름간의 상업 주간〉으로 정정했다.

든 상대화하기는 합니다만, 그는 『통념 사전』에서 대놓고 조롱하죠. 〈이브토를 보고 죽어라.〉 하지만 자신의 애인 루이즈 콜레에게 보낸 편지에는 이런 문장도 있어서, 어린 나이에 그 문장을 보고 깜짝 놀랐죠.

> 문학에는 아름다운 예술적 주제란 없〈고〉, 따라서 이브토는 콘스탄티노플만큼 값지다.

여러분이 원하신다면, 이 글귀로 맺음말을 할까요…….

사진과 기록

1946년 여름, 여섯 살 나던 해, 집 뒤의 에콜가에서

어린 여자아이의 존재, 그것은 무엇보다 나의 존재였다. 나이에 비해 늘 키가 너무 컸고, 낯빛은 창백하나 다행스럽게도 튼실하고, 배가 살짝 나와 열두 살 이전까지 허리라고는 없던 나.

—『얼어붙은 여자』, 폴리오판, 33면, 갈리마르.

1949년 여름, 사촌 콜레트와 함께 뜰에서

1953년 여름 창가에서, 콜레트, 그리고 또 다른 사촌 프랑세트 사이에서

우리 집에서는 음료와 먹거리를 파는데, 구석에는 온갖 자질구레한 물건들로 뒤죽박죽. 상자들 위에 놓아둔 싸구려 향수, 산타의 나막신에 꽂아 둔 손수건 두 장, 면도용 비누 거품, 50여 쪽짜리 공책들. 더 일상적인 것들도 전부 다 판다. 알제리산 포도주, 1킬로짜리 덩어리 파테, 낱개로 파는 비스킷, 상품마다 취급하는 상표는 한두 개, 우리 고객들은 까다롭지 않다.

—『빈 옷장』, 폴리오판, 102면, 갈리마르.

trant ses quenottes qui ressemblent à des ~~points~~ grains de riz. Ensuite elle s'assit sur la moquette.

l'entrée en matière et la conclusion sont nulles.

Maman revient et je puis retourner lire.

Samedi 15 Novembre

Dites quelle pièce vous aimez ? situez-la dans la

11/20

... pièce que je chéris est la cuisine avec ses carrelages blancs où demeure un air de propreté fraîche et gaie. Elle est de dimension moyenne et assez carrée. La table ~~recs~~ de bois est recouverte d'une toile cirée et dans un vase bleu s'offre à nos yeux

중학교 1학년 국어 공책에서 발췌한 글

1953년 11월 15일 토요일.

(어떤 방을 좋아하는지 쓰고, 그 방을 집 안에 배치하시오.)

내가 좋아하는 방은 하얀색 타일 바닥의 부엌으로, 그곳에는 싱그럽고 쾌적한 청결의 기운이 감돈다. 크기는 중간 정도이고 정사각형에 가깝다. 나무 식탁에는 밀랍 먹인 천을 씌워 놓았고, 푸른색 화병에 꽂아 놓은 장미꽃 다발이 내 눈에 보이는데, 아직도 밤이슬에 ~~활짝 핀~~ 덮인 채다. 의자들과 걸상은 나무로 되어 있다. 귀퉁이에 놓인 백색 레인지에서는 ~~불길이 너울~~ 불이 빨갛게 달아오르고, 그 불에 토끼 시베 요리가 뭉근히 익어 간다. 레인지 오른쪽에 싱크대가 있고, 왼쪽에는 래커를 칠한 수납장이 있다. 구석에 작은 탁자와 안락의자가 놓여 있어 독서용 램프를 켜고 책을 읽을 수 있다. 작은 탁자 뒤쪽에 놓인 TSF 라디오에서 재즈 음악이 흘러나온다. 아래쪽 모서리에 놓인 전원 풍경화와 낚시 풍경화가 연두색으로 칠한 ~~연한 색상으로 도배한~~ 벽을 보기 좋게 장식한다. 맞은편 모서리에는 찬장이 놓여 있고, 그 안에는 반짝거리는 냄비와 접시들이 들어 있다. 레인지 앞에 깔아 놓은 깔개 위에서 개 룰루가 말할 것도 없이 아주 편안하게 빈둥거리고, 안락의자에서는 누누가 실이 풀린 실패를 갖고 논다. 가정부 마리조제가 저녁 식사를 준비하려고 분주하게 움직이는데, 잘 익은 사과처럼 둥근 붉은 뺨이 열기에 닿아 ~~불타오른다~~ 진홍빛이다. 마리조제가 오가며 요리를 뒤적이고 능숙하게 밀가루를 반죽한다. 나는 이 방이 좋은데, 이 방에는 내가 무척이나 즐겨 먹는 다디단 간식거리들이 있다는 것을 알고 있어서이고, 이곳에 감도는 안락함과 밝음 때문이기도 하다.

1953년 11월 생활 통지표 일부[20]

Cours 6ème | Mois de Novembre

Division | Du 14 au 21

TRAVAIL

	ÉCRIT	ORAL	COMP.	PLACE		ÉCRIT	ORAL	COMP.	PLACE
Instruction religieuse		20			Physique				
Instruction morale		20			Chimie				
Instruction civique					Manipulations				
Psychologie					Sciences naturelles		20		
Grammaire		20			Lecture				
Orthographe	15½	Mot	d'usage	11	Ecriture				
Composition Française	11				Anglais	17½	14	et 16½	
Littérature					Latin	16	17		
Récitation		12			Dessin				
Arithmétique	20				Solfège				
Algèbre					Travaux manuels				
Géométrie					Gymnastique				
Histoire		20			Total				
Géographie		20			APPLICATION	T. Bien			

Moyenne de Travail

CONDUITE

Conduite en classe	T.B.	Ordre, bonne tenue, exactitude	T.B.
CONDUITE GÉNÉRALE	T.B.	Politesse	T.B.

CLASSEMENT

OBSERVATIONS

de la Directrice et du Professeur | des Parents

Les Parents,

Mme Duchesne

20 20점을 만점으로 하는 채점 방식이다.

1955년, 정원에서

여름 방학은 권태와 하루 또 하루를 채우기 위한 사소한 행위들의 기나긴 펼쳐짐이리라.

—『세월』, 폴리오판, 60면, 갈리마르.

1956년, 두 번째 줄 왼쪽에서 두 번째

가장 유명한 축제는 7월 초에 열리는 교구 바자회로, 여학생들이 한 가지 주제에 맞춰 의상을 차려입고 모두 도시의 거리를 누비며 행진하는 것으로 시작된다. 꽃 장식을 한 소녀들, 시종들, 옛 시대 귀부인들로 분한 학생들을 내세워 사립 학교는 인도에 몰려선 군중 앞에서 매력을 펼치고 자신의 상상력을 보여 주며, 지난주에 검소한 체조복 차림으로 샹 드 쿠르스까지 행진했던 공립 학교에 대한 우위를 내보인다.

—『수치』, 폴리오판, 86~87면, 갈리마르.

증명사진

1957년, 역 근처 프티퐁 다리 아래에서

나는 사회적 관습, 종교적 실천, 돈을 경멸하기 시작했다. 랭보와 프레베르의 시들을 베껴 적었고, 공책 표지에 제임스 딘의 사진들을 붙였고, 브라생스의 「고약한 평판」을 들었고, 권태에 겨워했다. 마치 나의 부모가 부르주아라도 되는 것처럼 낭만적 방식으로 청소년기의 반항을 겪었다.

—『한 여자』, 폴리오판, 64면, 갈리마르.

1957년, 고등학교 1학년

중학교 졸업장을 위해 바짝 열을 올리고 나면, 고등학교에 입학해 완전히 널브러지리라. 바둑판무늬 블라우스 위에 검은색 케이프를 두른 엄청난 체구의 수학 교사가 고함을 질렀다. 「여러분, 여러분은 열정이 없어요! 우둔하고, 무기력해! 제발, 열정을 가져요!」
—『얼어붙은 여자』, 폴리오판, 81면, 갈리마르.

1957년, 또 다른 반 친구 오딜과 함께

많은 다른 여자아이가 그러듯이 나도 상점들 앞을 지나가고 또 지나가면서 〈맴돌기〉를 하고, 남자아이들 역시 같은 길을 지나가고 또 지나가며 괜찮은 편인지 끔찍한 편인지 곁눈질로 저울질당한다. 가끔씩 멈춤.

—『얼어붙은 여자』, 폴리오판, 88면, 갈리마르.

1957년, 생미셸 기숙 학교의 잎으로 덮인 동굴 근처에서

5월에는 기단 위에 우뚝 선 성모상 앞에서 묵주 신공을 드리는데, 성모상은 루르드 동굴을 본뜬 잎에 덮인 동굴 안쪽에 있다.

—『수치』, 폴리오판, 80면, 갈리마르.

1957년, 카페를 배경으로 마당에서

그녀는 이제 자신의 사회적 위치가 반 친구들에 비해 — 집 안에 냉장고도 욕실도 없고, 화장실은 마당에 있으며, 여태껏 파리에 가본 적도 없다 — 열등한 수준임을 안다.

—『세월』, 폴리오판, 68면, 갈리마르.

1957년, 정원에서

가장 먼 미래 — 대입 이후 — 를 그려 볼 때, 그녀가 떠올리는 자신의 육체와 외양은 여성 잡지에 나오는 모델에 맞췄기에 날씬하고 긴 머리채가 어깨에서 찰랑거리는 모습이 「마녀」[21]에 나온 마리나 블라디를 닮았다.

—『세월』, 폴리오판, 68~69면, 갈리마르.

21 앙드레 미셸 감독의 1956년 영화로, 한국에서는 「야성의 유혹」이라는 번안된 제목으로 1957년에 상영되었다.

1959년, 카페 입구 앞에서 어머니와 함께

그녀는 장사하는 어머니였다. 그러니까 그녀는 우선적으로 〈우리를 먹고살게 해주는〉 손님들 차지였다.

—『한 여자』, 52면, 갈리마르.

1959년, 아버지

사람들은 자랑스러운 소유물과 함께, 영업장, 자전거, 나중에 가면 르노 4CV와 함께 사진을 찍는다.

—『자리』, 폴리오판, 50면, 갈리마르.

1966년, 카페에서 서빙 중인 아버지

아버지 역시 손님들로부터 거리를 지키고, 술은 마시지 않고, 아침마다 바랑을 매고 일하러 가지 않았고, 사람들은 그를 사장이라고 불렀으며, 그는 권위 있게 외상값을 갚으라고 했다.

—『빈 옷장』, 폴리오판, 97면, 갈리마르.

1961년, 차고 근처 마당에서

그는 내가 기이하고 비현실적인 그런 삶을 살아가는 모습을, 그러니까 스무 살이 넘도록 여태 학교 걸상에 앉아 있는 모습을 보는 일을 감수하기로 했다. 〈딸아이는 교사가 되려고 공부를 해요.〉 그게 뭐냐고 손님들은 묻지 않았는데, 자격만이 중요한 법, 그리고 아버지는 절대 기억하지 못했다.

—『자리』, 폴리오판, 82면, 갈리마르.

1961년 여름, 벚나무 아래 식료품점 모서리에서

1962년, 마리클로드와 함께 지하 저장실 문 앞에서

사진의 그 여자는 건실하고 예쁜 아가씨로 보여 그녀의 가장 큰 두려움이 광기이리라 짐작도 못 할 텐데, 그녀는 광기로부터 글쓰기를, 적어도 일시적으로나마, 지켜 내려고 오로지 글쓰기 — 어쩌면 한 남자 — 만 본다. 그녀는 소설을 시작했다.[22]

—『세월』, 폴리오판, 92면, 갈리마르.

22 20대의 아니 에르노는 내면의 불안을 〈광기〉라는 말로 과장한다. 자신의 삶을 파멸로 이끌지도 모를 〈광기〉에서 놓여나기 위해 이때부터도 이미, 젊은 작가는 〈글쓰기〉와 〈사랑〉을 〈구원처〉로 삼는 모습을 보이는데, 이는 오늘날 우리가 알고 있는 작가 에르노의 모습과 겹쳐진다. 〈글쓰기〉가 〈광기〉의 순간적 보존 장소라고 본 기존 번역본을 정정했다.

1962년, 정원에서

그녀에게는 미래가 커다란 붉은 계단처럼, 주간지 『모두를 위한 읽을거리』에서 오려 내 기숙사 방 벽에 붙였던 수틴의 그림[23]에 나오는 계단처럼 보인다.

—『세월』, 폴리오판, 91~92면, 갈리마르.

23 샤임 수틴(Chaïm Soutine, 1893~1943)의 그림 「카뉴의 붉은 계단」.

Yvetot le 14-8-57

Marie-Claude chérie,

Le ton de ma lettre va être différent de celui de la lettre précédente que je t'avais écrite. Non pas que j'aie reçu des nouvelles de mon fameux "de --" (qu'il aille au diable, celui-là!), ni que mon coeur ait de nouveau flambé, mais j'ai repris confiance en la vie. et pourtant en ce moment, celle que je mène n'est pas préci-

내 친구 마리클로드에게 부친 편지들

57/8/14, 이브토.

사랑하는 마리클로드,

이번 편지의 어조는 지난번에 네게 썼던 편지의 어조와 다를 거야. 나의 그 유명한 〈de〉에게서 소식이 왔거나(악마에게로 꺼지라지, 그 작자는!) 내 마음이 다시금 불타올라서가 아니라, 다시 삶에 대한 믿음이 생겨서야. 그렇기는 하지만 지금 내가 살아 내는 삶이 꼭 재미있다고는 할 수 없어. 어머니가 병이 나셨는데, 의사 말로는 협심증이래. 그렇게 안심할 만한 상태는 아니셔. 그리고 한쪽 눈이 풍 맞은 사람 같으셔. 그래도 의사가 결국엔 낫게 해주겠지. 넌 내가 가족도 나 자신도 근심에 싸여 있는데 다시 용기를 냈다니, 머리가 고장 난 것 아닌가 싶을 거야. 결론은 이래. 또렷한 이유 없이 내 안에 자리한 우울을 털어 내고 평정을 되찾는 데는, 진짜배기 번민만 한 게 없다는 거야. 내 근심거리에 대해 생각할 여유가 더는 없었고, 저녁이면 어머니의 상태가 자아내는 불안은 말할 것도 없고 집안일에, 빨래에, 녹초가 됐거든. 그 모든 상황이 조금 나아진 지금, 이제는 삶을 다른 각도에서 보게 돼, 정말이야. 그리고 그럴 가치가 전혀 없는 그 남자 때문에 징징거렸던 내가 좀 백치 같더라. 여태 내 이야기만 했네, 미안해. 방학이라고 집에 사촌 여동생이 한 명 왔는데, 곧 떠날 테지만, 하는 일마다 짜증 나게 해서 내가 지금 제정신이 아니란다.

넌 내가 편지를 쓰고 있는 지금쯤이면 집에 돌아왔겠네. 방학 캠프에서 보낸 두 달이 성공적이었다니 기뻐. 그래서, 그 마다가스카르 남자애는? 걔랑 데이트하고 난 뒤 걔에 대한 네 생각이 어떤지 알고 싶어 조바심이 나. 네가 열여섯 살 먹은 그 고등학생을 다시 만났다면, 걔가 몸 안에 품고 있는 불길에도 불구하고 네가 처녀성을 버리지 않았다는 소리겠지. 정말이지 몸 안에 날뛰는 악마가 있나 봐, 그 남자애는! 열여섯은 넘었을 거야, 틀림없어.

알지, 난 너를 비난하는 게 전혀 아니야, 심지어 할 수 있는 한 최대로 즐기라고 충고하겠어. 젊음은 한 번뿐이잖니. 나를 보러 온다니, 아주 친절하구나. 그런데 토요일보다 차라리 다음 주에 올 수 있을까? 지금 상황이 이래서 시간이 거의 안 날 것 같아.

보다시피 내 펜은 늘 이렇게 변덕을 부려서 편지가 깨끗하지 않아, 미안해.

요즘은 너와 의견이 같아. 삶은 살아 볼 가치가 있어.

입맞춤을 보내며,

아니.

57/10/30, 이브토.

사랑하는 마리클로드,

네가 이브토로 온 토요일에, 너를 봐서 얼마나 기뻤는지 너는 알지 못할 거야. 우리가 만나지 못한 지 정확히 4개월째였어. 어쩌면 5~6년 뒤, 더 이상 서로 만나지 못할 순간이 찾아올지도 몰라. 언젠가는 우리가 아주 얌전한 사람이 되리라는 생각을 하면 너무 이상해.

우리가 처음 알게 된 날도 생각나. 내가 네게 이렇게 말했잖아. 아주 예의 바르게, 〈안녕하세요〉. 맹세하는데, 일 년 뒤에 우리가 아주 친한 친구가 될 거라고는 생각도 못 했어. 너도 그런 생각 못 하지 않았니? 머리카락을 제멋대로 짧게 자른 모습이 재미있었어. 덧옷에는 허리띠도 없었고. 그 당시 나는 완전한 숙맥에 살짝 인습적이었으니까.

내 온 가슴과 내 온 머리로 네가 사 준 책에 대해 고맙게 생각하고 있어. 네가 거기에 서명해 줬으면 좋았을 텐데……. 내게 『한 달 후, 일 년 후』는 이중적 가치를 지닌단다. 문학적 가치도 있지만, 무엇보다 우정을 보증하는 거니까. 『어떤 미소』보다는 『한 달 후, 일 년 후』가 더 마음에 들어. 뤼크에 대해 전혀 호감이 느껴지지 않았거든(유혹적인 40대 남자들은 마음에 들지 않아).

프랑수아즈 사강이 최신 작품에 인물을 너무 많이 등장시켰다는 점은 별로지만 끝은 정말 좋아! 그리고 정말로 기가 막힌 대목들도 그렇고(조제와 베르나르가 공원 벤치에 앉았다가 서로 사랑하지 않는다는 사실을 깨달을 때). 독서를 많이 할 수 있다니, 넌 정말 운이 좋아! 난 네게 편지를 쓸 짬도 겨우 낼까 말까 하거든. 그러니 독서할 시간은 더더욱 없지. 작문 과제가 벌써 시작이야. 끔찍해. 그리고 강의마다 외워서 쓰라고 해. 자리에 앉자마자 모라가 우렁찬 목소리로 소리를 지르지. 〈문제 1번!〉 고등학교라고 뭐가 다르지? 그 키 작은 수녀는 작년보다 더 고약해. 생각해 봐, 종신 서원을 했다니까! 난, 내가 하고 싶은 대로 하겠다는 서원을 했다고. 완전히 같지는 않겠지만.

오딜은 운이 없어. 수녀님이 장과의 교제에 대해 전부 다 알고서 오딜 어머니에게 알려 버렸고, 걔 어머니는 당연히 오딜이 계속 교제하는 걸 반대하셨지. 오딜은 일주일째 울고 있단다. 부모에게 굽히고 들어가려 하지를 않아. 걔는 단 하나의 사랑을 믿는 아이니까. 아마 그런 게 좋은 거겠지. 난 그 애에게 그 어떤 면에서도 충고하지 않아. 오딜은 스물한 살이 되기를 기다렸다가 마음이 선택한 남자와 떠나려고 해. 하지만 그 전에 공부를 마치려고 고등학교에 가는 거지. 그 가여운 남자는 좀 지나치게 오래 기다려야 할 듯해. 어쨌든, 마음은 이성이 모르는 자신만의 이유가 있다고 파스칼도 말했으니까. 너, 파스칼 좋아했지, 아마? 네 남동생은 요즘 같은 때 설마 학교에 가는 건 아니겠지? 보베 학교는 문을 닫았는데 기숙 학교는 학생 절반이 독감에 걸렸는데도 문을 열었더라. 아직 네게 할 말이 있을까? 이제 더는 뭔가 흥미로운 얘깃거리가 없나 보다. 이 편지 재미없지. 전에 내가 보낸 편지들이 훨씬 더 흥미로웠어. 내가 보기엔 그래. 뭐 어쩌겠어? 천재성은 한 세기만 지속되고, 그 뒤로는 쇠락하는 법. 늘 그렇듯 또 인용한 건데, 이번에는 볼테르. 다리를 벌리고 모피 모자를 쓴 그 유명한 볼테르 사진이 떠오르니, 절로 네 생각이 난다. 네가 친절하게도 그 사진을 오려 줬잖아. 아니, 아니, 외모적으로 너와 볼테르를 비교하려는 생각조차 해본 적 없어. 아주 다행스럽게도! 그런데 내 프랑스어가 난해해지나 봐. 이게 정말로 재미있는데, 슈〔타르뎀〕 신부님이 수녀님보다 내게 더 높은 점수를 주거든. 복수는 신들의 즐거움이고 나의 것이기도 해. 특히 독감 조심하고 젊음을 즐겨, 그 시기는 정말 잠깐이니까.

나의 우정을 다해,

아니.

1958년 7월 18일

사랑하는 마리클로드,

네가 완전히 나았다니 정말 기뻐. 하지만 방학이 신나지는 않겠는걸. 갈색으로 타고 이름표를 목에 건 꼬맹이들과 성만 다른 필리프들과 로제들로 북적이던 57년도 방학의 추억을 떠올리면 아마도 울적할 듯……. 심심한 해도 있고 즐거운 해도 있기 마련이니까, 내년엔 두 배로 재미있을 거야. 물론, 생각해 봐, 그 누구도 네가 그런 방학을 보내야 한다고는 보지 않아……. 난 그렇게 생각해. 내 얘기를 좀 하자면, 지레 살짝 겁나긴 하지만, 세Sées 방학 캠프에 가게 되어 아주 만족스러워. 커다란 사건은 내가 실습을 하지 않았다는 거야. 어쨌든 오딜이 책, 실습 노트, 놀이 도구들을 빌려줬어. 물론 직접 배우는 것만 하지는 못하겠지. 7월 28일 월요일에 틀림없이 너를 보러 갈 테니, 넌 그다음에 나를 보러 와. 찬성하면, 편지 보내지 않아도 돼, 물론 네 편지를 받는다면 기쁘겠지만. 대입 시험 있던 날 네가 루앙에서 나를 만나지 않았다고 해서 놀랍지 않아. 왜냐하면 3시면, 모라가 우리를 데리고 코르네유 고등학교로 떠난 지 거의 45분이 됐을 때니까. 나만 잔 다르크 고등학교로 갔는데, 어쨌든 나도 다른 아이들과 동시에 출발해야 했거든. 남자아이들이 시험 끝났다고 어깨 겯고 행진하고 소란을 떨어 대는데 혼자서 15분 먼저 고등학교에 도착하면 매번 신경이 바싹 곤두서. 8월 14일까지는 이브토에 있을 거야. 8월 1일부터 14일까지 알고 지내던 남자애들을 만날 수 있기를 바라. 그때까지는 단순히 알고 지내던 사이지만 가벼운 연애 상대로 바뀔 수도 있으니까. 그리고 넌 무슨 그런 헛소리를! 내가 피에르를 사랑한다고 말하고 싶은 거잖아! 아니야, 아니야, 아니라고, 백 번, 천 번 아니라고! 걔는 『한 달 후, 일 년 후』의 자크를 생각나게 해. 어쨌든 그보다는 조금 더 세련되고 감상적이긴 하지만. 남자의 성격을 연구하는 건 흥미진진해. 이제 더는 걔한테 편지 쓰지 않아. 마지막으로 보낸 편지에서는 문체를 바꾸어 관능적인 어조를 택했고, 숫총각의 피를 아마도 끓게 했을 몇몇 추억을 끄집어냈지만…… 난 철저히 무관심해. 걔의 피가 부글부글 끓든 은근히 데워지든, 난 그저 천사처럼 순결한 눈길과 고결한 미소로 그 모든 일을 받아들일 테니까. 비늬가 이런 말을 했지. 〈더하든 덜하든, 여자는 늘 델릴라다.〉 완전히 틀린 말은 아니야, 난 가학적이고 퇴폐적으로 변해 가니까. 퇴폐적인 순진한 여자, 그래, 이 말이 딱이네. 그런데 내가 틀린 게 아니라면, 너도 그렇잖아. 그래서 위안이 돼. 곧 보자. 온 우정을 다해,
아니.

58/12/27, 이브토.
달링,
내가 왜 편지를 쓰는지 아마도 짐작하겠지. 「카지노 열풍」[24]이 12월 30일부터 1월 6일까지 노르망디 영화관에 걸린대. 갈 수 있니? 시간이 된다면, 12월 30일 화요일이나 1월 2일 어때? 그런데 애를 써봤지만, 너희 집에 갈 수 없게 됐어. 어머니가 아침마다 내 도움이 필요하셔.

24 마르셀 카르네 감독의 1958년도 작품.

아버지가 병원에 계시거든, 아버지 상태가 좋긴 하지만. 물론 너로서는 혼자 루앙에 간다는 게 좀 속상하겠지만, 어쨌든 너한테 제일 편한 쪽으로 해. 우편엽서나 — 기운이 난다면! — 편지로 뭐가 편할지 알려 주기만 하면 돼.

C.E.M.E.A.[25] 연수 센터 주소를 보내 줄 수 있을까? 어쩌면 너한테 주소가 없을지도 모르겠지만. 작년에 네가 안내서를 보내 줬는데, 너한테 돌려주지 않은 것 같거든. 59년에 자격증을 따려면 부활절 때 실습을 해야 한단다.

우정을 보내며.

아니.

61/3/5, 이브토.

달링,

조금 불안해하고 있어. 넌 내가 너를 보러 갈 수 있는 날로 4월 12일을 말했지. 그날까지 한참 남았는데, 하필 일요일이 아니더라. 그래서 내

25 방학 캠프 지도자 양성 담당 기관.

생각에는, 다음 주 일요일인 3월 12일이 어떨까 싶어. 토요일 5시쯤 너희 집에 도착할 거야. 그런데 내가 월요일 8시까지 머물다가 곧바로 루앙으로 갈 수 있을까? 어쨌든 중요한 건 이게 아니야. 너를 다시 만나면 정말 기쁠 거야. 이제 곧 봄이 돌아오면 우리는 다시 흥이 나겠지. 넌 아무 관심 없다고 하는데, 절망적이야, 그런 감정은. 난 기분이 널뛰고 있어. 생애 최고의 광적인 사랑에서 쓸쓸한 환멸로 곤두박질쳐. 있잖아, 작은 주느비에브가 숙소를 바꿔서 이제는 수녀가 관리하는 곳에 있지 않아. 출입 통제가 없는 곳에 사는데, 벌써부터 엄청난 자유를 누리기 시작해서, 이 애랑 연애하고 저 애랑 연애하더라. 로베르트와 나, 우린 그렇게나 의지가 약하다는 데 놀라고 있어. 너, 그런 연애는 전혀 놀랍지 않다, 윌리엄이 그 증거야, 라고 말하려 하지. 그 일은 이미 끝났고, 그런 짓 했던 걸 후회하고 있어. 의대생들은 몽땅 쾌락만 생각하는 변덕스러운 꼭두각시야. 하지만 결국 그게 내 인생의 핵심은 아니고, 대학 생활이라는 게 재미있더라고. 우선 사상 해방이고 공부 면제이니, 세계를 다시 만들 것 같은 느낌이랄까. 그러고는 친구들과 술집에 출입하고 그때뿐인 연애에 파티……. 그것 말고도, 화학과의 밤은 상당히 성공적이었어. 우리에게는 그게 아니어서 완전한 실패였거든. 난 나와 다시 잘 해보려는 윌리엄과 가장 먼저 춤을 췄는데 — 법학과의 밤에 날 배신해서 관계가 끊어진 상태였어 — 나는 인내와 강철 같은 자존심으로 영광스럽게도 버텼고, 그러고 나서는 전에 없이 우울을 느꼈지. 파티 내내 로베르트와 주느비에브와 나, 이렇게 우리 셋은 너무 어리고 못생긴 남자애들과 춤을 췄단다. 5시에 로베르트와 함께 파티장을 나섰고, 우리는 그랑퐁가의 계단에 앉아서 가까이 흐르는 센강과 추함과 거짓에 대해 생각했어. 로베르트에게도 완전히 망한 파티였거든. 그 애의 사랑, 레지스 뒤베르가 가까이에서 다른 여자아이 둘과 내내 춤을 췄단다. 아도니스처럼 잘생긴 그가.

Yvetot 5-3-61

Darling,

figure-toi que je suis inquiète : tu m'as écrit 12 Avril, le jour où je pourrais venir te voir, or c'est loin et puis cela ne tombe pas un Dimanche, aussi je suppose que c'est le 12 Mars, dimanche prochain ? J'arriverai vers cinq heures chez toi samedi mais serait-ce possible de rester jusqu'au lundi à 8 heures sans que j'aille directement à Rouen ? Enfin, cela n'est pas important - Je serai vraiment ravie de te voir, il est temps que le printemps revienne

그러고는 새벽에 술집을 돌았어. 어떤 스웨덴 선원이 우리에게 담배를 권했어. 우리에게 찝쩍거리려 드는 DS[26] 탄 남자들도 있었지. 그러는 내내 나는 스타킹도 없이 — 찢어졌거든 — 외투 안에 호박단 천으로 만든 미니 원피스만 입고 있었어! 희한한 밤이었어. 그 파티장에서 클로딘 메레를 봤어. 로베르트가 그 애를 가리켜 보여 줬지. 못생기고 머리가 나빠 보이는 남자랑 같이 있었어. 뭐, 어쩌면 실제로는 다를 수도 있겠지만.

26 시트로앵이 1955년에 출시한 자동차로, 당시 최고급 자동차의 대명사였다.

어서 너를 만나 내가 정말 완전히 돈 건지 알고 싶어! 너도 썩 신통치 않지? 드디어 방학이야, 하지만 속상하고 속상하고 또 속상해, 시험도 있고, 넌 영국 상공 회의 자격증이 걸려 있잖아…….
그럼 토요일에 봐. 수백만 번 우정을 보내며.
아니.

(1962년 6월 중에 쓰고 부치지 못한 편지)
사랑하는 마리클로드,
늘 해오던 대로, 행복이 이번 해에도, 그러니까 이제 스물네 번째가 되는 해에도 넘치기를 바란다는 말로 생일을 축하해. 무시무시한 속도로 생일이 점점 더 빠르게 돌아오는 것 같아. 그래도 그런 걸로 우울해하지는 말자! 넌 그다지 상태가 좋은 것 같지 않던데. 어쨌든 날씨가 기가 막히게 좋고, 이제야 진정으로 사는 것 같다고 여겨져. 알겠지만, 너의 정신적 혼란에 난 전혀 충격을 받지 않아. 그런 일로 정신과 치료를 받을 것까진 없다니까! 그런 일들이 무엇을 의미하는지 짐작되고 알 것 같거든. 하지만 난 〈도의상〉 그 이야기를 할 권리가 없어. 내가 약혼할 날이 있을지 모르겠지만, 약혼을 하게 된다면 그런 종류의 혼란이 내게도 일어날 거야. 네가 「지난해 마리앙바드에서」[27]를 봤다니 기뻐. 놀라운 영화이고, 정말이지 그 감독은 영화를 〈예술〉로 만들더라. 전에는 그러지 못했는데. 수료증 시험을 본 월요일에 영화를 봤는데, 정말이지 다시 보고 싶어. 살짝 무미건조하다고 생각해? 난 그게 거의 당연한 것 같아. 사실, 비현실이니 기억이니, 이런 것들은 늘 〈부재〉의 정조를, 따라서 고독, 그러니까 무미건조함의 정조를 띠게 되니까. 사물에 카메라를 들이대면 사물들은 이제 그 누구도 보고 있지 않을 때의 상태가 아니라 인물들을 통해 보이는 사물들이거든. 온통 백색인 그 방, 그것은

27 알랭 레네 감독의 1961년도 작품.

CAMILLE PISSARRO (1830-1903)
A STREET IN ROUEN Oil
Private Collection, Paris
Available as a Braun Print, size 22½" × 18"
Soho Card 345

추억의 방으로 고립되어 있고 부조리하지. 그 남자가 침대에 앉아 상체를 뒤로 젖힌 그 여자의 모습을 다시 볼 때, 똑같은 그 이미지가 여러 번 되풀이돼. 누군가가 행복한 뭔가를 떠올린다면, 마음속으로 그 기억을 여러 번 떠올리게 되니까. 베를렌의 시가 생각나지 않았니? 〈외롭고 얼어붙은 오래된 공원에 조금 전 두 그림자가 지나갔다. 그들의 눈은 죽어 있고 그들의 입은 흐물거린다. 그들의 말은 바람에게만 들린다 등등.〉 그리고 베를렌의 또 다른 시, 「삼 년 뒤에?」도 그렇지 않아? 그 남자가 정말로 작년에 그 여자의 애인이었을지 알고 모르고는 그다지 중요하지 않은 것 같아. 도입부가 너무 길다고 생각해? 나는 차츰차츰 분위기를 만들어 나가는 게 아주 중요한 것 같아. 바로크적 장식이 있는 그 복도도 그렇고, 고작 몇 초 후에, 그리고 또 몇 초 후엔 죽음을 맞고 멀어지며 우리로부터 먼 과거에 완전히 고착될 그 이야기도 그렇고. 이 모든 것이, 정말 굉장해. 그 영화가 네 마음에 들었다니 기분 좋아. 자, 다른 이야기를 하자. 그러니까 6월 24일과 7월 1일 일요일에는 아무 일 없어. 당연히 토요일도 그렇고. 이 일요일 중 하나 골라서 네가 우리 집으로 오든 그 반대로 하든, 그렇게 하자. 그러고 나서 스페인으로 출발할래. 아마도 6일쯤이 될 것 같아. 날짜를 확정해야 하니 곧 답장 줘, 그러면 되겠지? 알겠지만, 놀러 가는 건 8월이면 더 좋겠어. **스페인에 가려면 돈이 필요하니까, 괜찮지?**[28] 캠핑장이 아니라면, 이번에는 작은 알코올 버너를 가져갈 거야. 난 요새 꼴이 좀 우스꽝스러워. 엄청난 한가함이 나를 덮쳤거든. 할 일이 하나도 없고, 거의 모든 시험을 망친 것 같은데, 결과를 기다리고 있어. 논술 주제에 대해 네게 설명할 용기가 안 나. 보낼 테니까, 봐, 어떤 종류인지! 문헌학, 그건 그저 끔찍했다는 말만 나오고, 엎친 데 덮친 격으로 그것까지 터졌지 뭐니! 이번 달에는 시를 쓰지 않았지만, 부활절 방학이 지나면 기를 쓰고라도 소설 한 편이나 중단편 여러 편을 시작하고 싶은 마음에 좀이 쑤셔. 흔히 말하듯이 〈상황에 달린〉 일이겠지만. 아무 일도 안 하고 있으면 내가 얼마나 불행해지는지 너는 짐작도 못 할 거야! 봐봐, 휴가 때문에 내 계획이 중단되겠지만, 뭐 어때! 내년에는 어쩌면 대학 공부에 힘을 조금 덜 쏟겠지. 별일 없으면, 여학생 신축 기숙사에 들어가게 될 거야. 다 갖춰져 있고 층계참에 부엌이 있는 구조인데 한 달에 6천. 그럴 만한 가치가 있지! 아니, G. 뮈라이는 다시 만나지 않았어. 어쨌든 그 사람은 내게 어떻게 글을 써야 하는지 보여 준다거나 내 글을 고쳐 줄 수 없거든. 너무 개인적이고, 〈존재〉의 문제이고, 진정한 내적 체험을 담은 글이라서. 문학은 희생의 예술임을 깨닫기 시작했어! 그런데 알렉상드르를 위해 네가 준비했던 전시회는? 네가 계속 그림을 그리기를 바라. 예술이 시간도 공간도 잊게 할 수 있다는 것, 대단하지 않니. 아, 마리클로드, 넌 영어 시험을 준비했어야 했는데. 널 위해 하는 말인데, 정말 실망스러워. 네가 다양하게 이것저것 손대면서 되어 가는 대로 내버려 둔다는 건 너도 알고 있잖니. 왜 정확한 목표를

28 이 구절은 영어로 표현되어 있다.

en pensant à mes propres certificats, je songe qu'il y a des chos fautes, des idioties que j'aurais pu fort bien éviter mais le temps est irréversible. La vie est effroyablement tragique, non je ne suis pas gaie aujourd'hui mais ne t'inquiète pas, il faut que je sache profondément la difficulté de vivre, le désespoir humain pour transmettre le message, c'est à dire une autre vision du monde par l'art. Geneviève file le parfait amour, c'est un peu un amour de gosse, s'écrire ts les jours, se téléphoner, avoir une veste de cuir tous les deux, la même bague au doigt gauche, des photos grandes comme des tableaux etc, tu vois je crois toutefois que c'est très profond et que cela durera. Déjà elle ne ressent + la folle joie du début mais elle sent qu'il est fait pour la comprendre et elle à moquement. Je ne songe jamais à moi-même, c'est inquiétant, et j'ai l'impression d'être anachronique je tends de plus en plus pied devant la réalité; il semble que j'observe et voilà tout. Je ne pense pas à moi-même, c'est un impératif mystérieux, une sorte de destin. Purée! Qu'est ce que je parle de moi, et Dieu sait si on aura pas fini de parler de tout et moi quand on se reverra bientôt, je pense d'ailleurs que je vais être collée à tout! Horreur et damnation.. Ne fais pas attention à mes billevesées.

Dimitri. Grosse bise Aimée

세우고 그 목표를 이루고 싶다, 그 목표를 이뤄야겠다고 생각하지 않는 거야. 그게 어렵다는 건 나도 잘 알아. 즉각 내가 가진 수료증들이 생각나면서 충분히 피해 갈 수 있었을 실수들, 바보짓들을 저질렀다는 생각이 드니까. 하지만 시간을 되돌릴 수는 없지. 인생은 무시무시할 정도로 비극적이지 않니? 오늘은 기분이 좋지 않지만 걱정할 필요 없어. 산다는 것의 어려움을, 인간의 절망을 속속들이 이해해야 메시지를 전달할, 그러니까 예술을 통해 다른 시야를 열어 보일 테니까. 주느비에브는 완벽한 사랑을 하고 있어. 살짝 어린애들 사랑 같긴 해. 매일 서로 편지를 쓰고, 전화하고, 둘이 같이 가죽 재킷을 입고, 왼손에 똑같은 반지를 끼고, 커다란 그림 크기의 사진들을 뽑고 등등. 있잖아, 어쨌든 그건 깊이 있는 사랑이고 오래갈 것 같아. 이미 그 애는 더는 초기의 광적인 사랑을 느끼지 않지만, 그 남자는 자신을 이해하도록 만들어졌고 자신도 그렇다고 느껴. 나는 나 자신은 전혀 생각하지 않아. 좀 걱정이 되긴 하지만. 난 시대에 뒤처지나 봐. 현실 앞에서 발이 바닥에 닿지 않는 느낌이야. 난 그저 관찰하는 것 같고, 그게 다야. 난 나 자신이 겁나는데, 그건 불가해한 절대적 필요, 일종의 운명이야. 이런! 대체 나에 대해 무슨 이야기를 하고 있는 거지, 곧 다시 만나면 둘이 끝도 없이 별의별 이야기를 나누리라는 건 틀림없지, 안 그래? 다 떨어질 것 같아! 끔찍해, 빌어먹을. 부질없는 내 말에 신경 쓰지 마.

진한 입맞춤을 보내며,

아니.

1963년도 일기에서 발췌한 글

〈첫 번째 소설 집필을 끝냈다〉

2월 17일 일요일

오후가 한창인 — 22세의 — 어느 일요일. 벌써 여러 날 전부터 머릿속에 우중충한 사념이 길게 이어지는 상태로 여기 이러고 있다. 별일 없으면, 앞으로도 이런 상태가 여러 해 동안 지속될 거다. 만약 내 생각을 표현할 가능성, 대학의 일상에 갇혀 있지 않아도 될 가능성을 내게 남겨 주지 않는다면, 나는 의식의 무게로 무너지겠지……. 일주일 전부터 날마다 자꾸만, 내가 〈이 이야기〉를 창조해 내는 저녁의 그 시간대를 향해 나아간다. 또한 시험에 대해서도 생각한다. 다가올 날들에 대해서 생각하면, 왜인지 모르겠지만 거의 행복하다고 할 만하다. 어쩌면, 기어코 성공하려나……? 나와 같은 부류의 한풀이를 하기.

〈쇠이유 출판사에 원고를 보낸 지 2주째〉

3월 28일 목요일

브리지트가 〈저 꼬락서니하고는, 쓰레기통 뒤지다 나온 고양이로군〉이라고 말했다. 나는 울부짖고 싶었다. 하지만 밤이 된 지금, 어쩌면 일주일간 겪은 제정신이 아닌 이런 상태를 활용하게 될 거라는 생각이다. 왜냐하면 이제 다 끝났으니까. 내일이면 나는 다시 작업하기를 원하겠지. 정말이지 온갖 봄의 기쁨을 제대로 누리지 못했지만, 아마도 너무 늦지는 않았을 거야. 다시금 나는 **그 무엇보다도** 출판되기를 원한다고 생각하고 — 어쩌면 — 그렇게 되지 못할 거라고 생각한다. 나의 고통 — 오로지 — 으로 만들어진 그 소설. 그가, 그 출판사 인간이 거절했던 것, 그것을 다시 그의 얼굴로 내던지기.

〈쇠이유 출판사에서 장 케롤이 서명한 출판 거부 편지를 받고 나서〉

3월 29일 금요일

내가 괴로워하는 동안 〈그들〉이 내 소설 — 글로 구현된 얼얼한 고통 — 을 검토했고 작품이 빛을 볼 기회를 거절했다. 담배를 피워도 아무 맛이 없다. 음악을 들어 본다. 무감각하다. 사랑에도 예술에도 — 나는 뭐니 뭐니 해도 늘 예술을 믿는다. 내게 다시 시작할 용기가 있을까? 그럼, 당연하지. 이 얼마나 대단한 살려는 의지인가! 지금 자살 생각이 더욱 또렷해지고 있지만. 어쩌면 이제 이 두 본능 사이 싸움이 벌어지리라. 나는 결혼하고 싶은 욕구가 없다. 대학에서의 출세는 내게 거의 중요하지 않다 — 물질적 이유로 그것을 소망한다 해도.

6월 28일 금요일

나는 생활이 두려운 걸까? 그렇다. 임금을 받고 일하며 지속적인 고용 상태를 유지하는 일은 즐겁지 않다. 맞아, 최대한 시간을 활용하고 싶으니까. 지금 이브토에, 내가 늘 돌아가는 이 집에 있다. 5년 전, 내가 부모님이 계신 이 집에 — 마치 피난처처럼 — 애착이 있음을 깨달았다. 자제할 수가 없었다. 이제는 자제한다. 하지만 언제든지 다시 도질 수 있다. 오늘 중편을 구상하기 시작했다. 저물녘의 은밀한 웅성거림과 말들 — 2월부터니까, 4개월 동안 더는 사랑하지 않았던 — 을 되찾는다. 내 소설의 첫 번째 초벌 원고와 두 번째 원고 사이에 바로 그만큼의 기간이 자리했는데, 더는 결코 오랫동안 글을 쓰지 않은 채 배길 수 없으리라. 일시적 해결책을 스스로에게 주려는 욕구가 다시 생겨난다. 다른 세계보다 어떤 세계가 더 좋은데, 왜 그런지 그 누가 내게 말해 주려나? 늘 열려 있는 탈선 가능성, 사랑. 어제저녁, 제랄드가 옆에 있었으면 싶었다. 그는 아주 젊고, 처음에는 잘생긴 것만 보이다가, 그다음에는 내가 절대 가닿지 못할 터이기에 〈비밀스러움〉을 갖게 된다. 이 이야기는 번민 없이 마무리되었는데, 살짝 시작했을 때 같았다. 자고 싶다는 갑작스러운 욕구에 햇살 가득한 5월의 나날이 떠오른다.

MERCREDI 27 Il est deux heures ou presque –
Je n'ai pas vécu ma journée – À cause
de ce garçon qui me fuit – Le soir, j'ai
eu un rêve en rêve très douloureux – pour-
quoi du rêve... c'était trop vrai; Quand
j'ai descendu l'escalier avec ma cigarette
rouge dans la nuit, la course dans la rue
il n'y avait même que cela de vrai, Et la
nuit, le corridor avec la veilleuse... C'est
mort – Je souffre horriblement et puis
ensuite, je re-spire. Et puis quoi. – un
vie plane et ratée... toujours Et il ne me
restera peut-être même pas la littérature
Je n'ai plus envie de dormir – Un jour
une aube éternelle !

JEUDI 28 Brigitte m'a dit "regarde le chat qui
sort de la poubelle –" J'avais envie de hur-
ler cette nuit, maintenant, je pense
que j'exploiterais peut-être cette folie
d'une semaine – car elle est terminée
Demain, je serai à nouveau désireuse
de travailler. Je n'ai pas vraiment

vécu toutes les joies du printemps, mais il n'est peut-être pas trop tard. De nouveau, je pense que je voudrais PLUS QUE TOUT être éditée et que — peut-être — je n'y serai pas... ce roman fait de mes douleurs, seulement ce qu'il a refusé, ce garçon... le lui jeter à la face !

NDREDI 29 Pendant que je souffrais "ou" écrivais mon roman, l'âpre souffrance continuait ; en refusant qu'elle voit le jour. Je fume sans goût, j'écoute de la musique. Je m'insensibilise. N'aimerai-t-je point toujours celui-ci, malgré tout ! Aurai-je le courage de recommencer ? oui, naturellement... Quelle volonté de vivre ! Quoique maintenant l'idée du suicide se fasse plus lumineuse... Ce sera peut-être maintenant la lutte entre ces deux instincts. Je ne dis ni par ma manie, la réussite universitaire me chaut assez peu quoique je la souhaite matériellement

1963년, 내 방에서

부모님 댁의 내 방에 악마와 맺은 계약인 양, 라이터로 가장자리를 불태운 커다란 종이에 클로델의 글귀를 정성스럽게 베껴 적어 붙여 놓았다. 〈그래, 아무런 이유 없이 세상에 나오지 않았으며 내 안에는 세상에 없어서는 안 될 무언가가 있었다고 생각한다.〉

—『다른 딸*L'autre fille*』, 2011, 닐 출판사.

1963년 9월, 내 방 책상 앞에 앉아서 먹는 아침

마르그리트 코르니에[29]와 나눈 대담

아니 에르노 마르그리트 코르니에와 저, 우리가 알게 된 지는 15년이 넘었습니다. 처음 만났을 때 마르그리트는 제 문학적 작업, 정확하게는 제가 자전적 글을 쓰는 방식에 관해 박사 논문을 쓸 생각을 품고 있었습니다. 따라서 그 뒤로 쭉 서신으로 연락을 주고받았어요. 루앙에서 얼마 전, 그러니까 지난 7월에 그렇게 준비한 논문을 발표해 통과되었고요. 이 대담이 끝나면, 여러분 가운데 원하시는 분은 누구라도 질문하시면 됩니다.

마르그리트 코르니에 우선, 아니 에르노, 강연을 해주셔서 고맙다는 말씀을 드립니다. 강연을 듣다 보면 제법 많은 질문이 생깁니다. 기억이 현실보다 더 강하다는 말

29 이브토의 사서 교사이고, 루앙 대학교에서 알랭 크레시우치 교수의 지도하에 박사 논문 「대상으로서의 자기 자신: 아니 에르노에 의거한 자서전」을 썼다 — 원주.

씀을 하셨는데, 기억이 지닌 그러한 상상의 차원과 그것이 작가님의 글에 새겨지는 방식에 대해 말씀해 주실 수 있을까요?

A. 에르노 사실, 글쓰기에 착수하면서 저는 기억을 통해 어떤 장소에 저를 투영하지도 않고 심지어 특정 존재들을 떠올리지도 않습니다. 책이 한 권 될 것 같아서 책을 기획하려고 할 때, 제가 생각하는 것은 일반적으로 제 삶의 한 시기인 경우가 더 많습니다. 오히려 글이 시작되면서, 그 뒤로 글을 써나가면서, 아주 자연스럽게 장면과 사람과 장소를 〈보게〉 되고 일종의 영화가, 그러니까 기억의 영화가 펼쳐지는 거죠. 어떤 작가든, 이야기를 꾸며 낼 때조차 기억에 바탕을 둡니다. 그리고 제 경우에서도 그러한 기억은 늘 상상으로 물들고 상상력의 작용을 받지만, 사후에 설명하기 어려운 방식으로 일어납니다. 『빈 옷장』을 쓸 때는, 부모님이 운영하던 식료품점 겸 카페를, 클로데파르그가를, 생미셸 기숙 학교를, 마이 거리를, 손님과 이웃과 반 친구 등 사람들을 또한 떠올렸어요. 하지만 동시에, 그들의 실제 모습과는 다르게 〈보았다〉고 말할 수 있습니다. 주인공인 드니즈 르쉬르가 아이일 적 세계에 보내는 시선이 점진적으로 변화하는 것을 보여 주려는 책의 의도, 목적에 의해 그들은 변형되었으니까요. 『빈 옷장』을 마치고 2년이 지

난 뒤 이브토에 들렀습니다. 8년이 넘도록 그곳에, 그러니까 작품 시작 전에는 그곳에 가본 적이 없었는데, 갔다가 충격을 받을 정도로 깜짝 놀랐어요. 속으로 이런 말을 했습니다. 〈아니, 이건 내가 글을 쓰면서 떠올렸던 거리, 집, 도시가 아니네. 그건 다른 거였구나.〉 정확히 그것이 무어라고 말씀드릴 수는 없어요. 아시겠지만, 어떤 방식으로 글쓰기가 일어나는지 설명하는 것, 그건 그렇게 쉽지가 않아서요…….

M. 코르니에 그럼요, 물론이죠. 그래도 엄연히 존재하는 지형이라는 현실과 그러한 상상의 차원을 결부하기 위해 어떤 식으로 작업하시나요? 저는 『수치』가 생각나는데…….

A. 에르노 『수치』에서는 좀 다릅니다. 저는 현실을 〈묻고〉 싶었고, 따라서 가능한 한 가장 정확하게 이브토와 제가 살았던 동네의 지형에 근거를 두려고 했죠. 하지만 그게 무엇이든 확인하려고 이브토로 가보지는 않았습니다. 이유를 말씀드리자면, 우선, 몇몇 장소가 완전히 바뀌었기 때문이죠. 예를 들어, SNCF 철로를 따라서 레퓌블리크가에 〈철로 변 늪〉이라고 부르던 곳이 있었어요. 그곳은 완전히 메워졌고 지금은 그 자리에 주차장이, 그렇게 보이던데, 들어섰더군요. 글을 쓸 때 제게 중요했던 것, 그것은 그 늪에 대한 아이일 적 제 시각이

었어요. 무시무시한 장소, 반반 나뉘어 반은 짙은 녹색을 띤 물, 아마 이끼 때문이었겠죠, 그리고 나머지 반은 거무스름한 물. 여자들, 절망에 빠진 여자들이 그곳에 몸을 던지러 가곤 했어요. 전쟁 직후에는 세 명의 아이가 그곳에서 폭탄을 발견해서 갖고 놀았는데, 폭탄이 폭발했죠. 모두 끔찍한 고통을 겪다가 죽음을 맞았어요. 여러분이 보다시피, 그것은 감각 — 여기서는 아이일 적 저의 감각이죠 — 에 대한 기억으로, 현실보다도 더 많이 글쓰기에 양분을 대주죠.

M. 코르니에 감각에 대해서 말인데, 수치의 기억인 락스 희석수에 관한 기억을 언급하셨죠. 바로 『수치』에서 1952년도에 일어난 수치심과 관련된 여러 가지 일화가 언급되죠. 락스 관련 기억을 붙들고 있게 만든 것이 감각일까요?

A. 에르노 『수치』의 글쓰기 기원에는 아버지가 어머니에게 휘두른 폭력적 행위, 제가 느낀 공포에 대한 결코 잊을 수 없는 기억이 있어요. 그 장면을 묘사하기 시작하다가 제가 느끼는 수치감의, 사회적 수치감의 바탕에 그 장면이 있음을 발견하죠. 락스 희석수 일화에 관해 말하자면, 그 기억을 붙잡고 있게 한 것은 물론 그 순간에 겪은 감각입니다. 그 기억을 단 한 번도 잊지 않았지만, 반드시 그것을 생각하는 건 아니었어요. 제 기억은

원할 때 열고 닫는 옷장이 아니니까요. 누구나 그렇지 않을까요. 락스 희석수가 제가 의지를 갖고 간직했던 기억은 아니라고 말하렵니다.

M. 코르니에 그런데, 그러니까 감각과 결부된 무의지적 기억도 아니잖습니까…….

A. 에르노 그렇죠, 아니죠, 그렇다기보다는 차라리…… 말하기 어렵네요. 그저, 그 순간 이후로, 락스 희석수 냄새는 살림의 냄새, 불쾌한 냄새이니 그런 냄새가 배게 해서는 안 된다는 확신을 갖게 됐죠! 하지만 청소년기에 제가 느낀 감각은 폭력적인 방식으로 겪은 거였어요. 감각이 기억을 박제하죠, 물론. 아무것도 느끼지 못한다면, 여러분은 사물들을 기억하지 못합니다. 〈강렬하게 느껴야만 한다〉고 말한 사람이 바로 스탕달이죠. 저도 같은 생각입니다. 사물들에 의해 마음이 건드려지고 흔들리는 것이 늘 편치만은 않습니다. 사는 게 고단해지니까요. 하지만 동시에, 글을 쓰는 사람에게는 그것이 중요합니다. 그래야만 그러한 사물들이 기억 속에 박제되었다가 활용될 수 있으니까요.

M. 코르니에 계속 기억에 관해서인데요, 1967년 교단에 서기 시작했을 때 현실을 자각하면서 일어났던 기억의 재활동에 대해 말씀하셨죠. 현실이 기억을 촉진할까요?

A. 에르노 그럼요, 대단히 그렇죠. 그해에 맡았던 중학교 1학년 반에 아주 모범생이지만 발표를 싫어하는, 소심하면서도 살짝 거친 느낌이 나는 여학생이 있었어요. 그런데도, 어느 날 그 아이가 자기 언니에 대해 이렇게 말하더군요. 〈이제 언니는 다 컸는데, 아니꼬워요.〉 그 말, 〈아니꼽다〉, 그것은 아이일 적에 듣던 말, 〈정말 아니꼽네!〉처럼 종종 들리던 서민적 말이죠. 그 바람에 단박에 그 학생에게서 중학교 1학년 때 저 자신의 모습을, 서민 출신이지만 학업을 계속하는 저를 보게 되었어요. 현실과 만나면서 깨어난 것은 바로 억눌렸던 저의 사회적 기억입니다……. 보통은 문법적, 문학적 지식으로 무장하고 수업에 들어갔어요. 그런데 제 눈앞에 있는 학생들은 제가 알지 못하는 사부아 지방 사투리를 사용했죠. 그러한 현실에 부딪히니, 〈나 역시, 교사가 《그런 말은 사용하면 안 됩니다. 그것은 프랑스어가 아니에요!》라고 말하는 그런 상황 속에 놓였던 적이 있다〉는 사실을 인정하지 않을 수 없었죠. 그런데 그건 프랑스어예요. 사람들이 사용하니까요. 혹은 〈그런 말은 존재하지 않아요〉라는 말을 들었죠. 하지만 존재한답니다. 학생이 그렇게 말하니까요. 학생들을 접하면서 지식의 전수에는 지배의 형식이, 뛰어난 학업적 성취 아래 파묻어 뒀지만 제게 행사되었고 이번에는 제가 학생들을 상대

로 행사하는 지배의 형식이 있음을 깨달았습니다.

M. 코르니에 작업하실 때 기억들을 구성하기 위해, 그리고 가끔은, 넘쳐흐를 정도의 기억을 관리하기 위해 어떻게 하시나요? 특히 『세월』이 생각나는데요. 아주 중요한 기억들이 상당히 많이 들어 있잖습니까.

A. 에르노 『세월』은 처음부터 끝까지 기억의 책이지만, 저로서는 기억이 어떤 방식으로 선별되는지 밝히기 쉽지 않습니다. 한 가지는 확실한데, 글쓰기가 진행됨에 따라 상당 부분 무의식이 작용하며 이루어진다는 거죠. 예를 들어, 왜 1950년대의 이런 광고를 저런 다른 광고보다 더 선호했는가……. 글을 써나가면서 기억, 그리고 텍스트, 문장들 사이에서 일종의 조정이 발생하는 것 같아요. 어쩌다 컴퓨터에 저장된 『세월』의 원고를 다시 들여다보다가, 미결 상태로 남겨 놓은 짤막한 메모가 수없이 많다는 걸 알아차렸는데, 요컨대 그 내용을 없앨지 간직할지 결정을 기다리는 상태인 거죠. 5년이 지난 지금, 왜 이런 사항은 삭제하고 저런 다른 사항은 덧붙이기로 했는지 설명할 수는 없습니다. 이제는 알 수가 없어서요. 이제는 텍스트 속에, 그러니까 기억이 텍스트와 〈협상하는〉 장소인 글쓰기의 움직임 속에 있지 않기 때문이죠. 어떤 기억들은 선택되고 다른 기억들은 삭제되게 하는 것은 바로 기억과 글쓰기 사이의 그런 협상입니

다. 그렇게 해서, 조금 전에 읽었던 『세월』의 짤막한 한 대목에, 초창기 보름간의 상업 주간과 아니 코르디와 에디 콩스탕틴의 노래를 틀어 준 확성기에 대한 언급이 나오는 거죠. 그런데 그 시절에 유행한 다른 가수들도 또렷이 기억하거든요. 왜 그 가수들을 선택했을까, 저도 모릅니다. 린 르노, 루이스 마리아노도 있었죠……. 하지만 루이스 마리아노, 그 가수는 이미 언급했기 때문에 다시 언급할 수는 없어요. 보세요, 바로 이런 것이 제가 글쓰기에서의 협상이라고 부르는 거랍니다…….

보름간의 상업 주간에 대해 계속 이야기해 보면, 그에 대한 추억이 무궁무진해서 더 많은 이야기를 쓸 수 있었을 테지만, 제 기획은 기억을 탈탈 털어 내는 게 아니라 60년에 걸친 세상의 변모를 보여 주는 거였어요. 바로 그러한 세상의 변모가 글이 나아감에 따라 일종의 내적 리듬을 끌어내, 그 리듬에 맞춰 어떤 추억들은 밀어내 불언(不言)의 심연에 가라앉게 만들죠. 그래요, 바로 그거예요. 명령하는 것은 바로 텍스트죠. 기억 이상으로.

M. 코르니에 이를테면 작가님을 끌고 가는 쪽이 텍스트인 거군요…….

A. 에르노 맞아요, 텍스트. 그렇다고 텍스트가, 없는 걸 만들고 세부 사항들을 변형하게 만드는 법은 없어요. 저는 사실들의 진실성에 충실하죠. 만약에 부정확한 요

소들이 있다면 그것은 기억의 착각이지 고의로 독자를 속이려고 한 것은 아닙니다.

M. 코르니에 이브토를 언급하는 방식에 관해서도 질문하고 싶었어요. 가끔은 첫 글자만으로 그곳을 암시했고, 가끔은 완전한 지명을 사용하셨죠. 이브토를 언급하고 표기하는 그러한 방식, 그것 역시 장소에 대한 상상의 일부일까요? 아까 〈신화적 도시〉에 대해 말씀하셨던 듯한데.

A. 에르노 맞습니다. 제게는 일종의 신화적 도시인 셈입니다. 『수치』에서 저는 〈이브토〉라고 쓸 수 없다고 밝히죠. 그곳은 지도에 표기된 장소, 지리적 장소가 아니라 지명이 없는 기원의 장소, 뭐라고 정의할 수 없는 것들로 가득한 모태이니까요. 이브토는 실제로도 제가 열여덟 살이 될 때까지 벗어나 본 적이 없는 그런 도시로 떠올려야 하는 거죠! 우리는 일 년에 서너 번 루앙과 아브르에, 그리고 한두 번은 바닷가에 가곤 했지만, 그게 다였어요. 예외적인 일, 그건 『수치』에서 이야기했던 루르드 여행이었는데, 어린 시절의 커다란 사건이었죠. 그 시절엔 요즘처럼 여행을 다니지 않았고, 아주 오랫동안 부모님은 차가 없었어요. 이브토는 실제 세계를 가두는 경계를 의미했죠. 그런가 하면 나의 상상 세계, 그건 독서 덕분에 거대했어요. 수많은 작가가 자신들이 청소년

기를 보낸 도시와 복잡한 관계를 맺죠. 스탕달은 그르노블을 생각하면 굴을 먹고 체한 느낌이었다고 합니다. 이브토를 생각하면 뭔가 먹고 체한 느낌이 드는 건 아니지만, 그곳에 돌아가면 종종 마치 아주 묵직한 것에 붙잡히기라도 한 듯 모든 사고를 단박에 뺏겨 버렸다는 건 사실이죠. 아마도 이런 건 상상이 관장하는 일이겠지만, 그래도 제가 확신하는 건, 사람들이 혹은 자신이 어딘가 지나간 적이 있다면 그 장소가 그 사람들 혹은 자신의 무언가를 간직한다는 겁니다. 혼자서 이브토에 돌아가면 — 누군가와 함께라면 달라지죠. 사물들이 덜 느껴져요 —, 마치 실제로 제 존재의 여러 층이 남아 있는 장소로 다시 빠져드는 것 같죠. 유년기에 형성된 겹겹의 층들이 있고, 청소년기에 형성된 겹겹의 층들이 있어요. 사랑 이야기들, 꿈들도 있고요. 당신의 삶에서 처음 일어나는 것들이, 가장 중요한 것들이 전부 다 있답니다. 나를 휩쓸고 가는 것, 흔히 말하듯 나를 〈덮치는〉 것이 바로 그렇게 시간이 켜켜이 쌓인 〈양피지 텍스트〉랍니다.

돌아갔을 때, 감각이 평소보다 훨씬 강렬할 때가 가끔 있어요. 어느 날 칼베르가가 끝나는 지점에 다다라서 술에 취한 남자를 한 명 봤던 일이 기억나네요. 오전 11시였는데, 그 사람이 취한 채 거기 있었어요. 그 모습에는 뭔가 끔찍한 구석이 있었답니다. 어린 시절 전체가 카페에서 봤던 술에 취한 남자들의 모습과 함께 갑자기 엄청난 당혹감 속에서 되살아나서요. 1950년대 노동자들 사이에서 빈번했던 알코올과 그것이 끼친 폐해, 저는 그것을 어렸을 때 아주 가까이에서 봤더랬죠. 칼베르가의 그 남자와 더불어, 다시금 그 세계를 얼굴에 정통으로 맞은 셈이었어요. 거기에는 정신 분석에서 넘어설 수 없는 것이라고 부르는 뭔가가 있어요.

M. 코르니에 이브토로 돌아갔던 이야기를 방금 하셨고, 강연에서는 식료품점에서 듣게 된 이야기들도 언급하셨죠. 작가님이 어린 시절에 들었던 이야기들이 작가적 소명과 글을 쓰는 방식에서 나름의 역할을 했다고 말할 수 있을까요?

A. 에르노 그렇지 않다고, 그건 정말로 미미하다는 생각을 오랫동안 갖고 있었어요. 그러다가 제가 폐쇄적인 가족 안에 갇힌 아이가 아니라 하루 종일 사람들에게 둘러싸인 아이였기에, 그리고 이른 나이부터 별의별 이야기가 저를 거쳐 갔기에, 일찌감치 세상을 경험할 수 있었다는 것을 깨달았습니다. 글을 쓰고 싶다는 욕망을 품으면서 제게는 다른 사람들이 갖지 못한 앎이 있다는 생각이 들었죠. 글을 쓰고자 하는 것, 그것은 또한 자신에게는 할 말이 있고 그 말은 다른 사람들이 하지 않았다

고 생각하는 것이기도 하죠. 그런 종류의 야망을 갖는 거랍니다. 무슨 일이 있어도, 부모님의 표현을 빌리자면 〈장삿길로 들어서고〉 싶지는 않았을 거라는 생각을 종종 했어요. 청소년기에는 손님들을 피해 다녔으니까요. 학교에서 돌아오면 상점 안을 지나가면서 〈안녕하세요〉라고 중얼거린 뒤 후다닥 제 방으로 직행했죠. 어려서는 어머니에게 〈누가 있어요!〉라고 소리쳐서 손님이 왔음을 알렸죠. 그러니까 저는 더는 사람들을 보고 싶지 않았어요. 그런데 이제는 완전히 태도를 바꿔, 글을 쓴다는 것이 얼마나 사람들 한가운데 자리 잡고 사람들과 관계를 맺는 일인지 말할 수 있습니다. 결국, 그것은 장사와 관계가 있네요. 교환한다는 점에서요. 장사는 물건을 주고받는 것이며, 또한 — 적어도 대형 마트가 도래하기 전, 그 시절에는 — 사람들과 이야기를 주고받는 것이기도 하니까요. 글을 쓴다는 건, 그런 겁니다.

M. 코르니에 그리고 독서가 있죠……. 작가님 스스로도 책과 독서에 대한 열정을 언급한 적이 많으니까요. 그러니까 한편에는 어려서 들었던 이야기들이 있고, 그리고 언급하셨다시피 책과 문학에 대한 그처럼 대단한 사랑이 있는데, 이 사랑은 또한 가끔 위반의 면모를 띠죠. 그것은 작가님께서 〈무단 침입 한〉 문학적 언어와 관계가 있나요?

A. 에르노 읽지 않고서 쓸 수는 없습니다. 저는 반 친구들 대부분과 달리 독서를 통해 상당량의 어휘를 습득했어요. 저는 〈현학적〉 표현법을 구사했는데, 아직 간직하고 있는 중학교 2학년, 3학년 때의 작문 과제를 보면, 실제로 접속법 반과거나 단순 과거 등으로 글을 썼죠. 아주 공들인 고전적 프랑스어인데, 그런 고전적 언어들은 글을 쓰면서 의도적으로 내던졌고 대신, 조금 전에 설명드렸듯이, 〈지배받는 자들〉의 언어를 제 책에 집어넣으면서 그런 합법적 프랑스어를 위반했죠. 그런데 〈위반적〉이라는 주제를 꺼낸 이유가 어쩌면 다른 데 있었던 게 아닌가 싶군요…….

M. 코르니에 사실, 그렇긴 합니다.

A. 에르노 청소년기에 읽었던 책들은 대부분 읽다 보면 통상적으로 받아들여지는 윤리적, 사회적 규범들을 위반한다는 느낌을, 사고하고 세계를 느끼는 다른 방식에 나를 열어 준다는 느낌을 주었어요. 예를 들면, 장 폴 사르트르의 『구토』가 생각나는군요. 열여섯 살 때, 전기공인 작은아버지가 빌려줘서 — 서민 계층에도 독서는 존재하죠. 제게는 책을 많이 읽는 사촌들이 있었어요 — 정말로 우연히 제 손에 들어온 책이었는데, 그 글에 대단한 충격을 받았습니다. 단박에 새로운 방식으로 현실을 보게 됐고, 한 번도 읽어 본 적 없는 방식의 글쓰기,

일상의 것들, 훗날 사람들이 〈체험〉이라고 부르게 될 것과 맞닿아 있는, 따라서 제가 읽던 연애 소설과도 수업 시간에 접하는 규범적인 텍스트와도 아주 거리가 먼 글쓰기를 발견했죠.

M. 코르니에 글 속에 들어 있는, 특히 『세월』 속에 들어 있는 역사에 대해서도 이야기하셨죠. 역사를 되살리는 것, 그것은 시간을 되찾는 방식인가요?

A. 에르노 어떤 면에서는 그렇습니다. 40대 때, 『세월』을 기획해야겠다는 생각이 들었어요. 삶을 말하기 위한 형식을 찾아내야 할 필요성을 느꼈어요. 모파상이 『어떤 인생』에서 했던 것처럼 삶을 말하기, 하지만 같은 방식으로는 말고요. 모파상과는 다르게, 저는 제 삶을 사람들의 역사, 시대의 역사, 세계의 역사와 분리할 수가 없었어요. 그래서 『세월』은 개인적인 동시에 비개인적인 형식을 취하게 됩니다. 거기에 묘사된 사진들이 나의 사진들이며 사진에 보이는 어린 소녀, 청소년, 여성, 그것도 사실상 나임을 모두가 분명히 알았다는 점에서는 개인적이죠. 하지만 동시에 제2차 세계 대전 이후부터 2000년에서 2007년에 이르기까지의 역사 전반을 되살리고 싶었어요. 그러려면 시대를 총체적으로 다시 정복해야만 했어요. 우리가 살아 냈던 세계 바깥에서 자신의 삶을 다시 포착할 수는 없다고 생각해요. 그리고 그

세계는 거대한 변화를 겪었다는 것을 — 제 세대 사람들의 특권이기도 한데 —, 특히 여성들의 지위와 관련해서 그렇다는 것을 명확하게 인식했어요. 사회는 지난 한 세기 동안 변한 것보다 40년 동안에 더 많이 변했고, 따라서 그 책을 쓰면서 그 증거들을 보여 줘야 했습니다. 제 삶과 역사를 동시에 훑으면서, 그 둘을 끼워 맞춰 보면서, 그제야 제가 시간을 휘어잡는다는 느낌이 들었죠.

M. 코르니에 이를테면 잃어버린 시간을 되찾으려고 하신 건가요?

A. 에르노 그렇게 말하지는 않으렵니다. 제가 잃어버린 시간을 추구한다고는 생각하지 않아요, 전혀요. 저도 이미 그 질문을 스스로에게 던졌더랬죠. 제가 글을 쓰면서 무엇을 추구하는지, 잘 모르겠어요. 나아가, 제가 뭔가를 추구하기는 하는가 하는 의문도 생깁니다. 어떤 책을 써야겠다는 욕망에 사로잡히면 그 책을 만드는 일이 아주 다급하고 중요해집니다. 책들을 쓰면서 무엇을 찾고 있는가 하는 질문을 또렷하게 제기하기도 하죠. 그에 대한 대답은 종종 이렇더군요. 일어났고, 지금 일어나고 있으며, 사라지게 될 무언가를 구해 내기. 『세월』 맨 마지막에 그런 내용이 대놓고 적혀 있죠. 〈우리가 이제 다시 겪지 못할 시간에서 뭔가를 구해 내기.〉 그것은 잃어버린 시간의 추구가 아니라 시간의 지나감을 감지하게

만드는 것이고, 시간이 어떻게 달아났는지, 우리 모두를 어떻게 데려가는지 보여 주는 것입니다.

(박수)

청중과의 질의응답

청중석의 질문 기억에 관한 말씀을 많이 하셨는데, 저는 기억의 촉발제 — 작가님은 다르게 규정하실지 모르겠지만 —, 그러니까 사진에 대해 묻고 싶었어요. 게다가 『삶을 쓰다』라는 대단한 작품을 열면, 저로서는 〈기념사진〉이라고 부르기는 좀 껄끄러운데, 사진첩으로 시작되죠. 사진이 작가님 작품에서 점점 더 존재감이 커지고 있고 작가님에게 사진이 기억을 촉발하는 데 특별한 역할을 한다는 느낌이 듭니다. 그 역할에 대해 상세히 말씀해 주실 수 있을까요?

아니 에르노 바로 그렇습니다. 사진은 제 작업에서 점점 더 중요한 역할을 하고 있습니다. 심지어 저와 직접적 연관이 없으며 사생활과 무관한 사진조차요. 사진은 어쩌면 기억보다 글쓰기를 더 촉발한다고 할까요. 사진을 앞에 두면 곧장 사진을 해독하고 싶은 욕구, 그러니까 제가 틀릴 수도 있다는 걸 알면서도 그 사진이 의미하는 것 혹은 의미할 수 있는 것이 무엇인지 찾고 싶은 욕구를 느낍니다. 이렇게 사진에 끌리는 것은 롤랑 바르트가 푼크툼[30]이라고 부른 것에서 비롯됩니다. 바로 그곳에서 포착된 시간, 과거도 미래도 없는 순간 말입니다. 사진은 순수 존재죠. 그리고 그런 점, 그게 매혹적이죠, 포획된 시간이. 저는 사진에 보이는 것이 삶인지 죽음인지 알지 못합니다. 거기 사진에 있는 사람들은 우리에게 〈나는 살아 있다〉고 말합니다. 그런데 동시에, 그들이 죽지 않았을지라도 그들은 사진 찍힌 그 순간에 존재했던 그 상태가 더는 아니죠.

『삶을 쓰다』를 여는 사진들 — 사진 일기 — 은 모두 돌이킬 수 없이 사라져 버린 시간의 지표들이고, 그것들을 책 안에 배치한 이유는 어린 시절과 청소년기와 가족에 중요성을 부여하는 동시에 삶을 둘러싼 사회적 환경의 다양성을, 그리고 나의 삶이 새겨진 장소들을 감지할 수 있게 만들려는 것이죠. 그 뒤로는 제가 자세히든 대

30 롤랑 바르트는 〈사진에 관한 노트〉라는 부제가 붙은 『밝은 방』에서 사진 이미지에 대한 관객의 반응을 두 가지 유형으로 나누어 각각 스투디움과 푼크툼으로 명명한다. 스투디움은 〈사진 촬영자의 의도를 확인하고, 그들의 의도와 조화를 이루며 그 속으로 들어가며, 그 의도를 인정하거나 인정하지 않는〉, 다시 말해 학습에 의해 인식되는 앎이라면, 푼크툼은 주체자의 특이하고 강렬한 감성적 관심으로서 〈나를 찌르는(상처 입히고 심금을 울리는) 우연성〉으로 설명된다.

충이든 묘사하는 사진이 어느 때든 간에 끼어드는 순간이 없는 글을 쓰기가 쉽지 않습니다. 하지만 사진이 제 책 속에 종종 존재한다면, 그것은 물질적인 형식이 아니라 글로 써진 형식으로 그렇다는 것을 강조해야겠군요. 『세월』에는 어떤 사진도 들어 있지 않습니다. 가장 최근 작품인 『다른 딸』에는 어쨌든 진짜 사진들을 집어넣었어요. 두 장의 집 사진이죠. 제가 태어난 장소인 릴본의 집과 에콜가의 후면을 찍은 이브토의 집. 사람이나 살아 있는 존재들이 없는 사진들입니다. 『사진의 용도*L'usage de la photo*』에 살아 있는 존재들은 없고 그저 공간 속에, 그러니까 침실이나 거실에 아무렇게나 던져 둔 옷가지들을 찍은 사진들이 실린 것과 마찬가지죠. 마치 제가 텅 빈 장소를 보여 주는 사진들만 보여 줄 수 있다는 듯이…….

질문 언제부터 출신 환경, 부모의 환경과 화해했다고 느꼈는지 알고 싶습니다.

A. 에르노 그저 글을 쓰면서였어요.

질문 글을 쓰면서라면, 초기부터요?

A. 에르노 1970년대 초반에 집필을 마치고 나서 『빈 옷장』이라고 제목을 붙이게 될 책을 기획하면서부터 그랬습니다. 몇몇 독자들은 그 책을 읽으면서 제 부모가 헐뜯기고 부정적 시각으로 비춰진다고 분개했어요. 그

들은 소설의 주인공 드니즈 르쉬르가 어린 시절과 청소년기를 떠올릴 뿐만 아니라 해석하는 대로의 모습으로 그 시기들이 다뤄진다는 것을 보지 못했거나 보고 싶어 하지 않았습니다. 취학하기 전 몇 년간의 어린 시절은 그저 천국으로 그려지죠. 사탕도, 커피까지도 있는 식료품점이라는 천국으로. 그러다가 학교, 책을 접하면서 드니즈는 그 세계가 〈훌륭하지〉 않다는 것을 차츰차츰 깨닫고, 학교와 지배하는 자들의 시선이 〈훌륭한〉 것으로 간주하는 것에 자신의 부모가 부합하지 않는다고 부모를 원망합니다. 이 모든 것을 성찰해 보지 않고서, 우리가 비난할 수 있는 것은 부모가 아니라 위계에 따라 분리된 사회와 그 사회를 작동시키고 서민 계층 출신의 아이에게서 부모에 대한 수치를 촉발하는 가치와 코드라는 것을 이해하지 못하고서, 그런 모든 이야기를 쓸 수 없음은 명백합니다. 그 첫 작품의 기원에는 — 훗날 제가 『자리』에서 말했듯이 — 엄청난 죄책감과 부모에 대한 〈별개의 사랑〉이 존재합니다. 아마도 어조가 격렬해, 심층에서는 그럭저럭 나와 부모의 분리 과정의 인지 및 규명이 어우러져 일어나는데, 이 측면이 가려졌던 모양입니다.

질문 저는 루앙에 사는데, 가족은 이브토에 있어요. 그리고 루앙에서 비영리 라디오 프로그램에 참여하고 있습니다. 시평도 쓰고 있고요. 몇 년 전부터는 작가님 작품의 독자가 되었습니다. 우선, 목요일에 작가님에 관한 기사를 쓰면서 『누벨 옵세르바퇴르』에 실린 기사를 하나 읽었는데, 작가님께서 젊었을 때 이브토를 벗어나면서 〈나와 같은 부류의 한풀이를 하고〉 싶었다는 말을 했다더군요. 그래서 그 일을 해냈는지 알고 싶었습니다. 그리고 두 번째 질문은, 물론 첫 번째 질문과 연관 있는데, 피에르 부르디외를 기리면서 쓴 글[31]이 굉장히 감명 깊었습니다. 작가님께 피에르 부르디외는 무엇을 상징했나요?

A. 에르노 저는 1971년에서 1972년에 걸쳐 『후계자』와 『재생산』을 읽으며 피에르 부르디외를 발견했습니다. 그 독서는 새로운 깨달음이었고, 모든 것이 명확해졌지요. 저는 장학금을 받는 문학도였어요. 루앙 대학교를 다니는 대부분의 대학생, 그러니까 문화적, 경제적 〈후계자들〉처럼 부르주아 출신이 아니었죠. 학업과 맺는 관계가 그들과 같지 않았고, 그들은 문화와 친숙한 관계를 맺고 있었지만 저는 그런 관계가 없었어요. 그래서 일종의 내적 불안이 생겼습니다. 제가 거둔 성공은

31 피에르 부르디외(1930~2000)의 사망 소식이 전해진 뒤, 아니 에르노가 『르 몽드』에 기고한 애도의 글 「슬픔」을 가리킨다. 이 추도문은 국내에서 『카사노바 호텔』에 수록되었다.

그 전제가 출신 문화와 결별하고 지배 문화를 지지했다는 소리죠. 그런데 부르디외 덕분에 **제가 누구인지** 알았습니다. 앞에서 제가 말했듯이, 상향 계급 이탈자, 계급 종단자인 거죠. 바로 부르디외의 글을 읽음으로써, 글쓰기를 실행하라는 압력을, 마치 글을 쓰라는 명령을 받은 듯했습니다. 아버지가 돌아가시고 교직에 들어선 뒤로 이미 줄곧 부모로부터 나를 멀어지게 했던 것에 대해 글을 쓰고 싶다는 욕망을 품고 있었는데, 부르디외가 요컨대 그 일을 감행하도록 만들어 줬죠.

그래서 루앙 대학교의 기숙사 방에서 제가 주장했던 대로 저와 같은 부류의 한풀이를 했을까요? 그건 아주 야심만만했고, 어쩌면 하나의 소망, 랭보의 외침에 응답하는 하나의 외침이었을 겁니다. 랭보는 〈나는 태곳적부터 열등한 종족에 속한다〉고 썼더랬죠.[32] 어쩌면, 이번에는 카뮈처럼, 세상의 불공정에 보태지는 않았다고 말할 수 있을 것 같군요……. 제 작품 중 몇몇은 사람들에게 그들이 생각해 볼 엄두를 내지 못했던 것들을 인식하고, 혼자라고 덜 느끼고, 더 자유롭다고, 어쩌면 그래서 더 행복하다고 느낄 수 있게 해줬던 듯합니다. 『자리』, 『수치』, 『빈 옷장』이 떠오르는군요. 어쩌면 사회적 세계의 불명료성과 제 글을 읽는 사람들 사이에서 매개

32 아르튀르 랭보의 『지옥에서의 한 철』 중 「나쁜 피」에 나오는 구절.

자 노릇을 하면서 제 부류의 한풀이를 했던 듯합니다. 상징적으로 그렇게 했죠. 좀 더 직접적 차원, 정치적 차원에서야 저의 참여라는 것이 신문에 제 입장을 밝히는 것 이상을 넘어서지 못하니까요.

질문 작업 방식, 글을 쓰는 방식에 대해 알고 싶습니다. 시간에 대해 말씀하셨는데, 어떤 시간에 글을 쓰고 어떤 리듬으로 일하시는지 궁금합니다.

A. 에르노 아주 들쭉날쭉합니다. 매일 글을 쓰려고 애쓰지만 일상생활에서 비롯되는 이유들로, 그러니까 약속이라든가 급하게 장을 봐야 한다든가 하는 이유로 그렇게 못 하고 있습니다! 그게 아니라면, 가장 마음 편히 글을 쓸 때는 아침나절, 그리고 13시나 14시 이전입니다. 가끔은 써놓은 글의 분량이 정말 얼마 안 되기도 합니다. 하지만 실제로는 글에 대한 생각이 늘 머릿속을 떠나지 않습니다. 그건 마치…… 마치…… 제가 두 차원에서 사는 것과 같달까. 실생활에서 살아가고 — 지금 여기에서처럼요 — 또 다른 차원, 그러니까 저와 붙어 다니는 책을 쓰며 글쓰기 속에서 살아가는 거죠. 그야말로, 글쓰기 강박이라고 볼 수 있죠. 삶을 충분히 누리지 못했다는 생각이 드는 적이 있긴 합니다만, 사실상 삶을 누린다는 것이 무엇인지 알지 못합니다. 그러한 글쓰기 강박을 늘 갖고 있으니까요. 그렇다고는 해도, 사실 스

무 살에 품었던 글을 쓰고 싶다는 저의 야망, 저의 욕망 — 그것이 좋은 것이었는지 나쁜 것이었는지는 모르겠지만 — 을 생각해 보면, 하고 싶었던 것을 하는 데 성공했다고 생각합니다. 아마 그게 가장 중요하겠죠.

(박수)

A. 에르노 이렇게 많은 분이 와주셔서 감사합니다. 그리고 정말이지 여러분은 아주, 아주 훌륭한 청중이셨어요. 이제 확실하게 말할 수 있습니다. 저는 이브토와 화해했어요!

마르그리트 코르니에의 발문

아니 에르노의 책을 읽는다는 것, 그것은 아주 종종 자신의 일부를 알아보는 일이기도 하다. 한 시기, 풍습, 일상의 말들과 행동들, 다소 오래전에 언뜻 품었던 생각들 혹은 보았던 이미지들, 감정들 그리고 어쩌면 열정들을. 그건 한마디로 자기 자신의 기억으로 되돌려지는 것으로, 그때 사람들은 그 기억을 더듬고 파헤치고 다시 자기 것으로 만든다. 실제로 그러한 자전적 작품의 관건은 일종의 자기만족적 형식이 아니라 타자를 고려하는 경험, 역사의 사건들이나 일상의 사건들, 그리고 엇갈렸고 만났고 사랑했던 사람들을 통해 자신을 찾아다니다가 다시 자신을 발견하는 경험이다. 그렇게 하나의 세계, 하나의 시대 — 작가와 마찬가지로 기억해 내고 그들 자신과 그들의 삶으로 되돌아가 보라는 초청을 받은 독자들에게는 보존된 세계이자 반사경의 세계 — 가 말들 속에 놓이고 텍스트의 두께 속에 아로새겨진다.

2012년 10월 13일, 5백 명에 달하는 사람이 복합 문화 공간 레 비킹의 대공연장을 찾아왔던 만큼 엄청나다고 할 만한 청중을 만나러 온 아니 에르노에게, 그것은 당연히 돌아감이다. 계단식 좌석에 대거 자리한 모습이 압도적이었던 그날의 주의 깊은 청중은 검은색 정장을 입고 책상 위 마이크 앞에 앉아 있는 아니 에르노의 강연을 들으러 왔다. 이브토에서의 기억과 문학적 창조를 언급하는 작가의 말에 청중은 관심을 집중했고 그 말에 사로잡혔다. 대담과 질의응답 시간이 끝나자 작가는 한참 동안 진행된 저자 사인회를 시작했다. 세 시간 동안 미소를 지으며 각각의 독자에게 각기 다른 말을 찾아내 적어 줬다. 그러는 동안 공연장에서는 레올리엔 극단이 『단순한 열정*Passion simple*』의 텍스트를 각색해 만든 연극을 공연했다. 사람이 너무 몰려 책에 사인을 받을 수 없었던 독자들은 공연이 끝나자 대기 줄에 가세해, 20시에도 여전히 그러한 상황이 지속되었다…….

뜨거운 박수갈채를 받으며 그렇게 공식적으로 돌아온 아니 에르노는 이브토가 자신의 작품과 삶에서 — 이 둘은 서로 떼려야 뗄 수 없는 만큼 — 무엇을 의미했는지에 대해 의견을 표명할 기회를 갖게 되었고, 그 기회에 작품에 나오는 기억들이 진실에 부합됨을 입증했다.

릴본에서 태어난 아니 에르노는 어린 시절과 청소년기를 이브토라는 노르망디 지방의 소도시에서 보냈는데, 이브토는 코 지역의 고원에 자리하며 루앙에서 아브르로 이어지는 국도가 지나가는 곳이다. 중앙에 자리한 이브토는 이동과 교환의 장소로서, 그곳에는 역이 있고 파리-아브르 노선 철로가 있다. 도심에서는 지역의 삶이 성당 앞을 지나가는 마이 거리를 중심으로 이루어지는데, 마이 거리에는 차량 출입이 제한된 산책로를 따라 들어선 상점들이 잔뜩 몰려 있으며, 스테인드글라스가 돋보이는 완벽한 원형 건축물인 성당은 이브토의 자랑거리가 되기 이전부터 이미 오랫동안 호기심의 대상이었다.[33]

아니 에르노는 다섯 살이던 1945년에 이브토로 오는데, 이브토는 작가의 부모가 청춘기를 모두 보낸 곳으로, 그 뒤로 그들은 이곳을 떠나지 않는다. 1950년대에 작가는 전쟁으로 폐허가 된 터를 정비한 자리에 새로운 도심이, 세월이 흐르면서 잿빛으로 변하겠지만 처음에는 연한색을 띠었던 석조 건축물들이 올라가는 모습을 지켜본다. 오래지 않아 아니 에르노는 도시를 떠날 꿈을 꾸고, 1958년에 루앙에서 학업을 지속하기 위해 이브토

33 이브토에 위치한 생피에르 성당은 원형의 현대적 건물로, 벽면의 4분의 3을 장식하는 스테인드글라스는 유리 공예의 대가 막스 앵그랑의 작품이다.

를 떠난다. 이브토는 계속 돌아가야 하는 도시이고, 그중 한 번이 특히 중요하다. 작가가 1967년 6월 부모를 보러 이브토로 돌아갔을 때, 아버지가 갑작스럽게 사망한다. 이브토에 체류했던 그 시기로부터 대중에게 이름을 알리게 해준 작품 『자리』의 문체가 탄생한다. 그 뒤로 홀로된 어머니를 보러 이브토로 여러 번 돌아가는데, 그 일들은 『한 여자』에서 이야기되며, 『탐닉*Se perdre*』에서는 묘지를 돌보고 외가 친척을 보러 돌아가는 이야기가 나온다.

하지만 이브토라는 도시는 초기 세 작품에서는 명명되지 않으며, 이브토 주민인 독자들과 그곳에 발을 들였던 독자들만 『빈 옷장』에서 가족이 사는 곳인 클로파르가라는 명칭 뒤에서 클로데파르가를 알아볼 수 있었을 것이다. 마찬가지로 아니 에르노의 첫 작품인 『자리』에서는 이브토라는 도시가 허구적 요소를 모두 제거한 〈Y.〉라는 머리글자로만 드러날 뿐이다. 어머니가 돌아가신 뒤로 그 도시는 『한 여자』에서는 철자를 모두 밝힌 채로 나타났다가 『수치』에서는 머리글자 뒤로 다시 숨는다. 지하실이라는 은밀하고 닫힌 공간에서 출발하는 그 이야기는 곧, 대단히 정밀하게 도시 전체의 지형과 그다음에는 동네와 동네의 거리들을 지명과 함께 묘사하고, 전진 이동 촬영을 절로 떠올리게 하며 식료품점 겸 카페로 접근해 묘사한다. 그 후 작품에서 이브토는 머리글자가 아닌 온전한 명칭으로 등장한다. 한 시대의 〈이미지들이 일어나게 만드는〉 『세월』이나 화자가 자기보다 앞서 사망한 언니의 존재를 알게 되는 그 근원적 순간의 이야기를 담은 『다른 딸』을 들 수 있는데, 『다른 딸』의 화자는 그 소식을 접하는 순간 자신이 있었던 에콜가의 〈규석, 비탈, 철책, 점점 희미해지던 햇빛〉을 떠올린다.

이브토는 따라서 작품 속에서 본원적 자리를 차지한다. 『수치』의 화자가 말하듯, 그건 〈이름을 붙일 수 없는 기원의 장소로서, 그곳으로 돌아가면 마치 그 장소가 다시금 나를 집어삼키기라도 할 것처럼 나는 즉각 무기력 상태에 사로잡혀, 모든 사고와 거의 모든 정확한 기억을 빼앗겨 버린다〉. 이 문장은 어린 시절, 사회적 출신, 학교, 결별, 청춘기의 배움과 떼려야 뗄 수 없는 강력한 정서적 부담감을 드러낸다. 또한 깊숙하고 야릇한 감각의 시적이며 신비한 층위를 모두 담아낸다. 이브토는 가족의 행복, 꿈, 끝없는 독서의 장소이자 또한 비밀과 수모의 장소, 한마디로 인격의 구축과 작가의 소명이 일어나는 장소다. 따라서 이브토는 작가의 기억과 상상 속에 동시에 새겨진다. 왜냐하면 작가가 언급하는 도시는 과거에 속하기 때문이고, 또한 언어로 표현되면서 문학적인 동시에 살아 있는 장소가, 사회적 환경과 시대의 전형이 된 개별적 운명들의 영토가 되었기 때문이다.

아니 에르노는 이브토와 노르망디를 떠나 보르도와 안시에서 살다가, 우연히 당시 파리 근교에 세워지던 신도시, 『바깥 일기』와 『외부의 삶』의 배경이 되는 세르지로 이주하게 된다. 배경의 이면일까 혹은 반사면일까? 다시 세워진 도시이지만 아주 오래전부터 존재하던 이브토와는 반대로, 세르지는 1970년대 허허벌판에서 생겨났다. 하지만 바로 이 국제적이며 기억이 쌓이지 않은 장소에서 아니 에르노는 마주치는 모든 사람의 얼굴, 태도, 동작을 관찰하면서 자신의 과거를 되찾는다. 작가는 그곳에서 어제 혹은 오늘의 기억에 바탕을 둔, 여전히 마음속에 살아 있으며 작가가 점진적으로 판독하고 드러내 보여 주는 그 내면세계의 이미지들에 바탕을 둔 작품을 쌓아 올릴 것이다. 그러면서 말들의 연결망이 시공간을 가로질러 기원의 도시와 새로운 도시 사이에 생겨난다. 그것은 잊었던 기억들을 되살려 주고 우리에게 역사에 대해, 세계적인 사건들 혹은 일상생활의 사건들에 대해 말한다. 기억의 이미지들, 글에서 묘사된 가족사진첩의 사진들, 텍스트에 생활의 두께를 선사하는 그 사진들, 그리고 자료들, 과거에 존재했던 것과 작가가 보전하려고 애쓰는 것에 대한 그만큼의 증거인 자료들. 가깝게는 『삶을 쓰다』를 여는 〈사진 일기〉가 삶과 문학을 일치시키려는 그러한 의지를 보여 주는 의미심장한 예다. 비록 화자가 그것이 〈자기 책들을 설명하는 예시가 아니〉라고 밝히고는 있지만, 독자에게는 이야기에서 언급되는 사람과 장소와 의상들을 알아내고 싶은 유혹이 크다.

아니 에르노에게는 진짜인 작품을 생산하고 글 안의 말들에 삶의 밀도와 달아나는 시간의 실재를 불어넣기 위해 스스로를 내거는 방식이 늘 존재하고, 그 속에 이 책 『아니 에르노』 역시 자리한다.

M. 코르니에

2013년 1월

옮긴이 **정혜용** 서울대학교 불어불문학과와 동 대학원을 졸업하고 파리 3대학 통번역 대학원E.S.I.T에서 번역학 박사 학위를 받았다. 현재 번역 출판 기획 네트워크 〈사이에〉 위원으로 활동하고 있다. 저서로 『번역 논쟁』, 역서로 『한 여자』, 『카사노바 호텔』, 『나, 티투바, 세일럼의 검은 마녀』, 『연푸른 꽃』, 『살아 있는 자를 수선하기』 등이 있다.

아니 에르노

지은이 아니 에르노 **옮긴이** 정혜용 **발행인** 홍예빈·홍유진
발행처 사람의집(열린책들) **주소** 경기도 파주시 문발로 253 파주출판도시
대표전화 031-955-4000 **팩스** 031-955-4004
홈페이지 www.openbooks.co.kr **email** webmaster@openbooks.co.kr

ISBN 978-89-329-2336-9 03860 **발행일** 2023년 5월 25일 초판 1쇄

사람의집은 열린책들의 브랜드입니다.
시대의 가치는 변해도 사람의 가치는 변하지 않습니다.
사람의집은 우리가 집중해야 할 사람의 가치를 담습니다.